瑠璃でもなく、玻璃でもなく

唯川　恵

集英社文庫

目次

この作品は二〇〇八年十月、集英社より刊行されました。

瑠璃でもなく、玻璃でもなく

恋愛は不安との戦いであり、結婚は不満との戦いである。

第1章

1

五時近くのオフィスは、どこか落ち着きがない。

ましてや金曜となれば尚更《なおさら》だ。同僚たちはすでに、浮かれた予定に思いをめぐらせている。

矢野美月《やのみつき》は短く息を吐き、窓の外に目をやった。

金曜日が嫌いになったのはいつからだろう。

いいや、金曜日だけじゃない。週末はみんな嫌いだ。

「ねえ美月、急なんだけど、今日時間ない？」

向かいの席に座る、同期の神田順子《かんだじゅんこ》から声を掛けられた。美月は一瞬、どう答えようか迷った。金曜日の夜、予定がないと正直に告げるのは格好がつかない。けれども、このまま家に帰って家族で夕食というのも味気ない。ついさっきまで、しばらく休んでいたフランス語教室にでも顔を出そうかと考えていた。

「いつもの？」と、美月は尋ねた。

「そうなの。さっきメールが入って友達を誰か連れてきてって。もしかして美月、空いてないかなって」

彼女はここのところ合コンに命を懸けている。まさに懸けているという言い方がふさわしい。というのも、順子は「二十七歳までに結婚」という確固たる人生設計を持っていて、あと一年と迫った今、相手探しに躍起になっているのである。

「結構、いいメンバーが来るらしい。会社も一流広告代理店だって。場所も広尾《ひろお》のイタリアンレストラン。お料理食べるだけでも悪くないと思うよ」

「習い事があるんだけどな……」

「いいじゃない、休んじゃえば。どうせチケット制なんでしょう」

「そうだけど」

「じゃあ、決まり」

もしかしたら、最初からこんなふうに強引に約束させられるのを待っていたのかもしれない。そんな自分に気づいて美月は苦笑した。

五時十分に席を立ち、課長に「お先に失礼します」と挨拶《あいさつ》して洗面所に向かった。すでに三人の女性社員が、メイク直しに取り組んでいる。彼女たちが消えてから、ふたりは化粧ポーチを取り出した。いつものことながら、順子のポーチはぱんぱんだ。ファンデーションや口紅はもちろん、ビューラーにアイライナーにチーク、大きなブラシも入っている。

「だって、いつ何時チャンスがあるかわからないのよ。転ばぬ先の杖《つえ》ってやつよ」

「今月に入って何回目？」

リップグロスをたっぷりつけている順子に尋ねた。もちろん合コンの回数だ。

「三回目かな」

「成果は？」

「帯に短し、タスキに長しってとこ。外見がタイプだと条件的にイマイチだったり、条件は揃《そろ》っているんだけど、どうにもロマンチックな気持ちになれない相手だったり」

「理想が高過ぎるのよ、順子は」

美月は少々皮肉を込めて言ってみたが、通じなかったようだ。

「私、決めてるの。二十七歳までは絶対に理想を下げないでおこうって。だって、いったん下げたら、上げられなくなるのわかっているもの」

相変わらず順子は明確だ。順子ほどの決意はないにしても、美月もそろそろ心がざわめき始めている。先月、学生時代の友人、西条《さいじょう》マリが婚約した話を聞いてからは尚更だ。焦るつもりはないが、結婚なんてまだまだ、という余裕があるわけでもない。いい人がいたら……チャンスがあれば……タイミングが合えば……すぐしてもいい。

もともと自分が仕事に生きるタイプじゃないことは、入社する前からわかっていた。決して仕事が嫌いなわけではなく、与えられた仕事は責任をもってやるし、残業も頼まれればできるだけ快く引き受けている。上司からの受けも、少なくとも順子よりはいいのではないかと自負している。けれども、デスクに座っていると、時々ふと「どうしてこんなところにいるのだろう」と不思議な気分になる。ここにいるのは仮の姿で、本当の自分はもっと別の場所にいるような気がしてくる。その場所がどこなのかはよくわからない。ただ、ここでないことだけは確かだと思える。

順子がぱちんとコンパクトの蓋《ふた》を閉じて、気合を入れた。

「さあ、今日こそいい男をゲットするわよ」

洗面所を出て、エレベーターホールの前に行くと、設計部の人たちと顔を合わせた。一緒に乗り込み、一階のボタンを押す。四十歳過ぎの課長がふたりを眺めてからかった。

「気合が入ってるねえ。デート？　そりゃそうか、今日は花金《はなきん》だもんな」

順子はにこにこ笑って「そんなんじゃありませんよぉ」と、答えている。順子はとりあえず、愛想だけはいい。

「いいなぁ、楽しそうで。僕らなんかせっかくの花金も残業だよ」

そうこう言っているうちにエレベーターは一階に到着した。

「お疲れさまでーす、お先に失礼しまーす」

ふたりは挨拶して箱から飛び出した。玄関を出ると、順子が呆《あき》れたように笑った。

「聞いた？　花金だって。あんまり懐かしくて涙が出そうになったわ」

美月は玄関を振り返ったが、もう彼らの姿は見えない。

「それに『デート？』なんて聞くのはセクハラよね。あの課長、そういう意識がほんと低いんだから」

「設計部って、女性社員がほとんどいないから、接し方がわからないのよ」

「まあ、あれくらい無頓着《むとんちゃく》の上司の方が、扱いやすいのかもしれないけどね」

美月は大手の音響メーカーに勤めている。といっても配属は総務で、仕事は一般事務だ。入社した三年前も就職難だったが、ぎりぎりのところで何とかうまく潜り込めた。給料も待遇もそこそこよく、ラッキーだったと今も思っている。

会社は日本橋《にほんばし》にあり、ふたりは地下鉄の駅に向かって歩いていった。この辺りはオフィスビルとファッションビルが林立し、五時を過ぎると通りは会社帰りの女性たちで一気に華やかになる。

「でも、森津《もりつ》さんは素敵」

唐突に順子が言った。課長の隣にいた森津朔也《さくや》のことだ。

「設計部の中じゃダントツよ。見た目もいいし、性格も温厚だし、仕事はできるし。今、うちでヒットしているスピーカーの設計も、森津さんでしょう」

「そうみたいね」

「でも、難点がひとつだけある」

「なに？」

「結婚してること」

美月は思わず苦笑した。

「悔しいことに、いいなと思う男は大概みんな結婚してるの。結局、いい男から順に売れてゆくのよね。やっぱり女は抜け目がないわ。残り物には福があるなんて嘘《うそ》ね。少なくとも、男に関しては絶対に当てはまらないと思う」

順子の言葉は妙に説得力があり、美月も思わず頷《うなず》いた。確かにそうだ。会社の中でも、女性社員に人気があるのはたいてい既婚者だ。たまに目を引く独身の男もいないではないが、そういう彼らにはやはりステディな恋人がいる。

「会社でいい男が見つからなかったら、合コンに懸けるしかないじゃない。さあ、今日こそ私の王子さまを見つけなくちゃ」

順子は張り切った声を上げた。

女性が足りないと聞いていたのに、レストランに行ってみると、男性八人、女性が十人、何とも居心地の悪いバランスだ。

　相手は広告代理店に勤めているせいか、さすがに場を和ませるのがうまく、すぐにリラックスした雰囲気に包まれた。少々遊び人っぽいところが気にかからないでもないが、順子のように真剣勝負に出ないのであれば、それなりに楽しめる。会費は三千円。男性がいくら払っているのかはわからない。だいたいその倍くらい、と教えてくれたのも順子だ。

　仕切っているのは順子のワイン教室の友達で、その友達の友達、というような形で女性たちは集まったらしい。今まで何度か合コンに参加したことはあるが、知らない女性たちばかりと一緒なのは初めてだ。順子はみんなと知り合いで、それなりに会話も弾《はず》んでいるが、美月は話についてゆけないことも多く、だんだん口数が少なくなっていった。

　来ない方がよかったかな……。

　そんなことを考えていると、向かいに座る男――確か、名前は石川友章《いしかわともあき》といった――が声を掛けてきた。

「退屈そうだね」

「そんなことないけど」

　美月は慌ててワイングラスを口にした。

「いいんだよ、無理しなくても」

「ということは、もしかして、あなたも退屈してる？」

「当たり」

彼は屈託のない笑顔を浮かべた。

「僕は人数合わせに誘われただけだから」

もちろんその言葉を信用するつもりはない。その気はないのに無理に誘われて仕方なく、というのはカッコづけのための典型的な言い訳だ。

「といっても、当然、可愛《かわい》い子がいたらいいなぁってスケベ心もあったわけだけど」

美月は思わず笑っていた。正直なところは悪くない。それに外見だってなかなかだ。一重《ひとえ》の目は聡明《そうめい》な印象があり、逆に、笑うと左の頬《ほお》にえくぼができて愛嬌《あいきょう》がある。ネイビーブルーのスーツもよく似合っている。ベージュのレジメンタルタイはちょっと古臭い趣味だけれど、清潔感もある。

「私も同じよ。帰り際に急に誘われたんだけど、やっぱり、いい人がいたらいいなぁって期待はしたもの」

「で、その期待は命中した？」

「さあ、どうかな」

「僕は命中したよ。君がいたから」

ストレートな言葉についどぎまぎして、美月は彼から目を逸《そ》らした。

「口がうまいのね。いちばん用心しなくちゃいけないタイプだな」

「この後、たぶんみんなでカラオケって流れになると思うんだけど、君も行く？」

「まだ決めてない」

「だったら、僕と抜けようよ。ここの近くにちょっといい店を知ってるんだ」

唐突な誘いに、美月はすぐには返事ができなかった。誘い慣れしているのがよくわかる。

「あ、警戒してるね」

彼は揶揄《やゆ》するかのように、美月の顔を覗《のぞ》き込んだ。

「するわよ、当然」

「じゃあ、こう見えても僕は結構まじめで、誠実な男だってことを理解してもらうためにも、ふたりで抜け出そう」

まだ食い下がる。けれども決して不愉快ではなかった。むしろ、心地よくさえ感じる。

「でもふたりで消えたりしたら、後でみんなに抜け駆けしたって言われる」

「いいさ、そんなの無視しておけば。これは合コンだよ。いい相手が見つかれば当然、別行動になる。それが自然の摂理ってものだろ」

彼の無防備な笑顔を見ていると、それも悪くないかもしれない、と、思い始めていた。

こんなふうに誘われるなんて久しぶりだ。だいたい最近こういうことから遠ざかり過ぎていた。彼は感じもいい。会話も面白い。ふたりで飲みに行くぐらいどうということはない。二十六歳、もう十分に大人だ。出会ったばかりの男と、気軽にお喋《しゃべ》りを楽しむ夜があってもいいはずだ。

その時、バッグの中でメール着信の音が鳴り出した。

「ちょっとごめんね」

美月は洗面所に行くふりをして席を立った。ドアの前で携帯電話を取り出し、メールを開く。

〈残業が早めに終わったんだけど、今から会える？〉

と、出ていた。弾んだ思いで美月はすぐに電話を返した。

「うん、大丈夫。いつものバーでいい？　三十分ほどで行けると思う」

「わかった、待ってるよ」

それから急《せ》いた気持ちで席に戻り、彼に告げた。

「ごめんなさい、急に家に帰らなくちゃならなくなったの」

彼はおどけたように肩をすくめた。

「見え透いた嘘だなぁ」

「本当よ、私もすごく残念なんだけど」

言いながら、美月は帰る準備を整え、席を立った。気持ちはもうすっかり約束の場所へと飛んでいた。

「あら、美月、帰るの」

順子には「ごめん」と顔の前で片手を立てて謝り、店の前に出てすぐにタクシーを止めた。

「外苑前《がいえんまえ》」と告げて、シートに身を沈める。道は思ったより空《す》いていて、タクシーは初夏の街中を軽快に飛ばしてゆく。それでも美月の心ははやる。

早く、早く。もっと速く。

バーには二十分で到着した。ドアを開けると、通い慣れた店の匂《にお》いが溢《あふ》れてきて、それだけで酔ってしまいそうになった。カウンターに愛《いと》おしい背中が見える。すぐにスツールが半回転して、その身体《からだ》が美月に向けられた。

「早かったね」

森津朔也がわずかに口元を緩めた。

2

週に一度、代官山《だいかんやま》の料理教室に通い始めて、もう半年以上たつ。

教室の先生はテレビや雑誌にしょっちゅう登場する有名人で、一か月の月謝が二万円。かなりの高額だ。それでも憧《あこが》れのこの教室に通えることになった時、森津英利子《えりこ》は嬉《うれ》しくてならなかった。何しろ入会には一年も欠員待ちの状態だったのだ。

料理教室といっても自分たちで作るのではなく、先生の作業を見学し、メモを取るだけだ。最後に試食として、皿に少しずつ盛られた料理を口にする。それがいちばんの楽しみではあるのだが、ただ、中途半端においしいものを食べるせいで、帰りは妙にお腹《なか》が空いてしまう。それは他の生徒たちも同じらしく、教室の帰り、そこで知り合った同年代の主婦たちと、駅近くのカフェでカプチーノにスウィーツ、というのがここのところ習慣になっていた。そして、それもまた楽しみのひとつでもあった。

「今日の鴨肉《かもにく》のハーブロースト、今夜、早速作ってみようかしら」

「私、前に習ったマルセイユ風ブイヤベースを作ったんだけど、主人もおいしいってすごく喜んでくれたわ」

今日のメンバーは五人だ。化粧に抜かりはなく、セミロングの髪は美しくブローされ、ファッションは基本的にコンサバだが所々に流行を取り入れ、バッグや靴はブランドものという、恵まれた環境で生活していることが一目瞭然《いちもくりょうぜん》の専業主婦たちだ。

その中に、自分が溶け込んでいるかどうか、正直なところあまり自信はない。彼女たちの夫はみな自営か高給取りだが、英利子の夫、朔也は音響メーカーに勤めるごく普通のサラリーマンだ。背伸びをしていることはわかっている。それでも、こうして午後のひと時を、周りの客に対して、控えめな優越感を持ってお喋りができるというのは、ひとつの特権だと思う。自分で稼がずとも、自由な時間を楽しむことが許されている女たち、という特権である。

とりとめのないお喋りの途中、ふと、外科医の夫を持つ主婦が言った。

「そういえば、三原《みはら》さん、ここのところ教室にいらっしゃらないわね」

それに対してＩＴ関係の夫を持つ主婦が答えた。

「ああ彼女ね。噂《うわさ》によると最近パートに出たらしいわよ」

「あら、どうしてパートなんか。確かご主人は一流商社にお勤めのはずじゃなかった？」

尋ねたのは弁護士の夫を持つ主婦だ。

「商社も大変なんですって、リストラがあったりして」

「そう、そういうこと」

これで彼女の話題は終わる。自分たちの世界から抜け出てしまった相手には、あっさり興味をなくしてしまうのが彼女たちのやり方だ。それは疎外するというより、一種の自己防衛のようなものかもしれない。彼女たちは、自分たちと似たような生活や生き方をしている人間以外を受け入れることが、何より苦手なのだ。

「今日の先生のニット、素敵だったわね」

「そうそう、あんなのを私も探してたところ」

「来週、先生にどこのブランドか聞かなくちゃ」

あとはいつも通り、他愛ない話で時間を過ごした。

買い物を済ませて、マンションに着いたのは夕方四時を少し回ったところだった。どうせなら習ったばかりの鴨のハーブローストを作りたいところだが、夫の朔也は今夜も帰りは遅い。どうせひとりの夕食だ。冷蔵庫の中にあったベーコンと葱《ねぎ》を使ってチャーハンを作った。

夕食を済ませたのが六時半、食器を洗って、風呂《ふろ》に入り、パジャマ姿で居間のソファに腰を下ろした時には八時になっていた。まだ朔也は帰らない。今夜も十時を過ぎるのだろう。

部屋の中はきれいに片付けられている。家具は英利子の好きな濃いブラウンのオーク材で統一し、カーテンやラグマットは麻やコットンという自然素材でまとめている。こんな部屋で暮らしたい、と、結婚前に望んでいた通りの部屋で暮らしている。そのことに、英利子は心から満足している。

今から四年前、三十歳で朔也と結婚した時、嬉しいというより、ほっとした。友人の紹介で知り合ってから、朔也とはすでに二年付き合っていた。出会って、すぐに結婚を意識した。それは二十代後半の恋愛では当たり前のことだと思う。もう先の見えない恋にうつつを抜かす年ではなくなっていた。

付き合い始めると、ほどなく両親や友人から「まだなの?」「そろそろなんでしょう」と言われるようになった。そのプレッシャーは結構きつかった。もし朔也という相手がいなかったら、「いい人がいないから」とはぐらかすこともできるが、恋人の存在があるだけに「二年も付き合っている彼氏にプロポーズされない女」というレッテルを貼《は》られそうな気がして、追い詰められたような気持ちになった。だから、朔也から「そろそろマンションでも探すか」と言われた時、どれほど安堵《あんど》しただろう。これでもう厄介な圧力から解放される、と肩から力が抜けた。

仕事を辞めて専業主婦に納まるのは、英利子の希望だった。朔也は「どちらでもいい」というスタンスで、決断は英利子に任された。いずれ子供でもできたら、という選択もあったが、あの頃の英利子には家庭に入ることが何よりの魅力に思えた。

朔也はいい人だが、長男で、妹はいるが男がひとりということもあって、どちらかというと「面倒を見られたがり」のタイプである。そして英利子は長女で「面倒を見たがり」の性格だ。となると家事は英利子ひとりの肩にかかってくるだろう。

その頃、英利子は大手保険会社の秘書課に勤めていた。給料という面では恵まれていたが、毎日が慌ただしく過ぎてゆくばかりだった。常務や専務のスケジュール管理などの他に、お茶汲《く》みに、コピー取り、接待する店の予約や取引先への礼状や中元歳暮の手配、という雑用もこなさなければならない。ベテラン秘書からは服装や言葉遣いを厳しくチェックされ、時には、ホステス要員として接待に駆り出されることもある。その上、課内には若くてきれいな女の子が望まれている雰囲気があり、三十歳になろうとしていた英利子にとっては、あまり居心地のいい職場ではなくなっていた。気の合わない上司や、屈折した先輩社員、張り合う同僚や、要領がいいばかりの後輩、そういった人間関係の中で働くのにも疲れてしまったということもある。

誰にも気を遣うことなく、自由に時間を使えたらどんなに心穏やかに過ごせるだろう。勤めていた頃、あれもしたい、これもしたい、が山のようにあった。そのひとつが、好きなインテリアに囲まれて暮らすことであり、優雅な料理教室に通うことでもあった。

金銭的にさほど余裕があるわけではないが、マンションの頭金を朔也と英利子の両親が半分ずつ出してくれ、残りのローンは会社の住宅手当で賄《まかな》えることもあって、贅沢《ぜいたく》はできないが、憧れの料理教室に通うくらいの余裕はある。今のところ、英利子は自分の生活に満足していた。

九時少し前になって、電話が鳴った。この時間帯の電話はあまり心臓によくない。というのも、ここのところ、朔也の母親からちょくちょく掛かってくるからだ。話の内容はありがちな世間話だが、言いたいことはわかっている。

子供は？

結婚前、「結婚は？」と聞かれるのがうんざりだった。結婚してようやくその質問から解放されたと思っていたら、今度は「子供は？」だ。きっと生まれたら生まれたで「二人目は？」「幼稚園は？」「小学校は？」と次から次と波のようにやって来るのだろう。人は、いつまでたってもプレッシャーから逃れられないらしい。

義母だったら出ないでおこうと、液晶画面を見ると、かつて同僚だった久村悦子《ひさむらえつこ》からだった。英利子は受話器を手にした。

「もしもし」

「久しぶり。今いい？」

「もちろんよ。ダンナは今夜も残業だから」

悦子は安心したように話し始めた。

「ちょっと聞いてよ、もう最悪なんだから」

悦子はいつもこの調子だ。たまに電話を掛けてきて、会社のトラブルを言いまくる。同じところに勤めていたので、いちいち細かい状況を説明しなくても話が通じるのが気楽なのだろう。

「去年、配属になった女の子なんだけど、秘書の仕事が何なのかぜんぜんわかってないの。ほんと頭にくる」

結婚したての頃、悦子の愚痴《ぐち》もぼやきも余裕を持って受け止められた。相も変わらずややこしい人間関係や、煩《わずら》わしい仕事に振り回されている悦子に対して、お気の毒さま、といった同情の気持ちもあった。実際、悦子もいつも「英利子が羨《うらや》ましい、私も早く寿退社したい」と言っていた。それが三か月前、悦子が主任という肩書きをつけるようになってから、どことなく素直に聞き手に回れなくなっている自分を感じる。

「それでね、その子に会議のコピーを任せたら、文字が小さくて重役が読めないようなのを平気で配るの。信じられないでしょう」

そんな愚痴の中に、自慢が潜んでいるように思う。

——私だったら絶対にそんなヘマはしないのに。

「そうそうこの間、常務が会食の約束の三十分前に、急に今から散髪に行きたいなんて言い出したのよ。慌てて予約して大変だったわ」

ぼやきが、逆に自信のように聞こえる。

——常務のスケジュールはみんな私が仕切っているのよ。

だから、最後に英利子はつい言ってしまう。

「ねえ悦子、仕事もいいけど、誰かいい人いないの？」

電話の向こうで悦子がため息をつく。

「それがいないのよねぇ、今の職場じゃ出会いもないし。もしかしたら、このまま一生シングルかもしれないって考えると、私の人生何なんだろうって、考え込んじゃう」

それを聞いて英利子はようやくほっとする。私の選択は間違っていない、と、改めて確信する。

「本気なら、朔也の同僚でいい人いないか聞いておくわよ」

「それはすごく嬉しいんだけど、ほら私、主任になってまだ三か月でしょう、今は恋愛してる余裕がないのよね。もう少し落ち着いたらお願いするかもしれない」

そんな都合よくはいかないわ——もちろん、それは口にしない。

「また今度、うちに遊びに来て」

「うん、行かせてもらう。英利子のお料理、本当においしいから。じゃあまたね」

電話を切って、英利子は息を吐いた。いつも残業で帰りが遅い朔也は、あまり家で夕食をとらない。だから仕事から解放される週末に張り切って作っている。「おいしい？」と聞けば「おいしい」と答えるが、いまいち反応が薄い。そんな朔也に鴨のハーブローストを振舞っても正直なところ張り合いがない。前に習った鱈《たら》のポワレ・サフラン風味も、結局、披露したのは遊びに来た悦子だった。

そろそろ十時になる。朔也はまだ帰って来ない。テレビは面白くない。仕方なく、英利子はもう三度も読んだ雑誌に手を伸ばした。

数日後、渋谷のデパートに買い物に行き、帰りに地下の食料品売り場に寄った。惣菜《そうざい》コーナーでサラダを注文しようとして、思わず声を詰まらせた。

「あ……」

以前、話題に出た三原京子《きょうこ》だった。パート勤めに出たというのは、本当だったらしい。

「あら、こんにちは」

彼女は営業用か、それとも開き直りか、愛想のよい笑顔を浮かべた。どう対応していいかわからず英利子もぎこちなく笑顔を返した。

「何にしましょう」

「このハムとレタスのサラダを三百グラム」

彼女がケースの中からサラダをプラスチックの容器に入れる。

「うちのサラダはおいしいわよ。あの料理教室で先生が作るお洒落《しゃれ》なサラダよりずっと」

英利子は曖昧《あいまい》に頷いて、包みを受け取った。

「相変わらず、帰りはみんなでカプチーノにスウィーツ?」

「ええ、まあ……」

「ここで私に会ったこと、みんなに言っていいのよ」

頷けば、噂好きと思われるかもしれない。首を横に振れば、まるで内緒にしなくてはならないようなところで働いている、というようなニュアンスに取られるかもしれない。

「じゃあ、みんなによろしく」

答えないうちにさばさばした口調で言われて、英利子は慌てて支払いを済ませた。

エスカレーターに乗る時、彼女を振り返った。料理教室の帰りに寄るカフェで、彼女はいつもあまり楽しそうではなかった。相槌《あいづち》を求められると、いつも困ったように頷いていた。きっとそういう人なのだろうと思っていた。けれど、売り場の彼女はとても楽しそうだ。その弾《はじ》けるような笑顔が、ひどく印象に残った。

その夜、めずらしく早めに帰宅した朔也と夕食を共にした。冷凍してあった上質の牛肉をソテーして、胡麻《ごま》風味の凝ったソースを添えたのに、朔也が褒めたのはそれではなかった。

「このサラダ、うまいなあ」

英利子はどうにも割りに合わない気持ちで、牛肉を口にした。

3

恋愛とセックスを切り離して考えられる人もいるけれど、自分はそのタイプではないと、今の美月はよくわかる。

学生の頃、恋愛関係ではない相手とベッドに入ったことがある。別に自暴自棄になったというわけではなく、何となく雰囲気に乗せられてしまったからだ。けれども、ベッドに入ったとたん「ああ、この人とは駄目だ」とわかった。落ち着かないというか、ぎくしゃくするというか、つい醒《さ》めた目で自分や相手を見てしまう。何だか一生懸命セックスしていることにシラケてしまう。もっと言えば、滑稽《こっけい》にさえ感じて、その人とは一度きりで終わってしまった。

「もしかしたら恋愛に発展するかも」という予感にかられて、そうなったこともある。けれども、その相手は会うたび、すぐにホテルに入りたがった。互いの気持ちを通い合わせようとする意思が見られず、結局、美月の方も冷めてしまった。

もちろん、きちんと恋人として付き合い、ベッドに入った相手もいる。

ただ、朔也と出会ってから、美月は初めてセックスがどんなものであるか、わかったような気がする。本当に好きな男とのセックスは、何もかもが素晴らしい。相手のすべてが愛おしくて、早くその身体に触れたいと思い、同時に、触れて欲しいと思う。何より、自分の身体がこんな反応をするなんて驚きだった。裸のまま、ただ抱き合っているだけでいい。それだけで、泣いてしまいたくなるほど幸福になる。

自分をこんなふうにできるのは朔也だけだ。

ずっとずっとこうしていたい。朝になるまで、朔也の腕に包まれていたい。

それなのに、朔也は決して時間を忘れない。

「そろそろ帰らないと」

今夜も、朔也は身体を離して、ベッドサイドに置いた時計を手にした。

「もう少し……」

美月は朔也の胸に腕を回し、ぎゅっとしがみつく。

「終電に間に合わなくなるよ」

「いいのよ、私は泊まっていったって」

「美月……」

「家に電話一本掛ければいいんだもの」

拗《す》ねた口調で言うと、朔也は美月を抱き締めた。

「ごめんな……」

その言葉で、美月はもう何も言えなくなる。朔也を困らせてはいけない。朔也は帰らなければならない場所があるのだから仕方ない。

「嘘よ、嘘。さあ、帰りましょう」

美月は明るく言い、朔也から腕を離した。

それから、ふたりの時間は急に慌ただしくなる。ざっとシャワーを浴び、服を着て、ホテルを後にし、小走りで渋谷駅に向かった。

「じゃあ」

ここでふたりは右と左に別れる。美月は目黒《めぐろ》の自宅に帰るため東横線《とうよこせん》に乗り、朔也は山手線《やまのてせん》だ。朔也の住むマンションは中野にある。

「うん、またね」

小さく手を振って、美月は背を向け、改札口へ向かった。本当は見送りたいのだが、朔也の背中を見るといつも胸が痛くなる。背を向けた瞬間、ああこの人は家に帰ってしまう、という現実が大きく迫ってくる。だからいつも美月が先に背を向ける。いったいいつになったら慣れるのだろう。もう付き合い始めてずいぶんたつというのに、むしろ、この小さな別れを繰り返すたび、つらさが増してゆく。

朔也は結婚している。それがわかっていて好きになった。何度も引き返そうと思った。最初の頃は、いつでもそうできる、と考えていた。それなのに、朔也を知れば知るほど、気持ちが寄り添ってゆく。

きっと後悔する。所詮《しょせん》は先の見えない恋だもの。損するのは女の方。他にも独身の男がいるじゃない。早く別れた方がいい。それがいちばん賢い方法よ。

自分に何度もそう言い聞かせた。今だって言っている。なのに離れられない。もう朔也のいない毎日なんて考えられない。

電車の窓ガラスに自分の顔が映っている。少し疲れていて、不安げで、虚《うつ》ろで、それでいて満ち足りた顔をしている。朔也と会った夜は、自分の心がみんな顔に出てしまう。

朔也と言葉を交わしたのは、ちょうど一年前の今頃だ。社の展示会に、美月が駆り出されたのがきっかけだった。

同じビルに勤務していることもあり、それまでも廊下や食堂で顔を合わせたことはあるが、口をきいたことはなかった。総務部と設計部ということで、ほとんど接点もなかった。

展示会が開催された三日間も、さほど親しく話したわけではない。ただ、スーツの上着を脱ぎ、ワイシャツの袖《そで》をたくし上げて、顧客に熱心に説明をしている朔也の姿は、とても気持ちよく映った。

展示会の最終日、設計の課長が「打ち上げをしよう」と言い出した。総勢五人が集まる予定だったのだが、どういうわけか後の三人は、仕事が入ったり、風邪《かぜ》を引いたり、急に親戚《しんせき》に不幸があったりして、結局、当日は美月と朔也だけになってしまった。けれども、待ち合わせの場所でそれを聞いた時、美月はちょっと嬉しかった。そして、朔也も呟《つぶや》いた。

「何か、すごくラッキーだな」

その夜、初めてゆっくり朔也と話すことになったのだが、そうなって驚いた。波長が合う、ということを聞くけれど、本当にそういうことがあるのだと思った。いつまでも話は尽きず、終電の時間が近づいても離れがたく感じた。だから「また今度、飲もうか」と朔也から言われた時は一も二もなく頷いていた。

「いや、いけないな、所帯持ちの僕なんかが誘っちゃ」

「そんなことないです」

と、答えた時は、まだ自信があったはずだ。こんなことにはならないという自信だ。それはどこか、優越感にも似ていた。独身の自分の方が、結婚している朔也より優位に立っている。

その時、互いに携帯電話の番号とアドレスを交換し合った。そして、それから携帯が鳴るたび、まっさきに頭に浮かぶのは朔也になった。

何のことはない、美月はもうすっかり恋におちていた。

学生時代の友人、西条マリは先月婚約し、秋に結婚が決まっている。その報告とお祝いを兼ねて、久しぶりに顔を合わせた。中目黒《なかめぐろ》のエスニックレストランを指定したのはマリだ。どうやら新居をこの辺りに探しているらしい。

「でも、結構、家賃が高くてね」

パクチーたっぷりのサラダを口に運びながら、マリが小さく息を吐いた。

「彼の会社から住宅手当は？」

美月は生春巻を手にして尋ねた。テーブルには、他にも海老《えび》とカシューナッツの炒《いた》めもの、タイ風ビーフシチュー、それとグラスワインが並んでいる。

「出るけど微々たるものよ。五万円ぐらいだもの」

「じゃあ、いっそ彼の両親と同居するとか？」

冗談でしょ、と、マリは大きく首を横に振った。

「そりゃあ彼は長男だから、いつかはそうなることも覚悟してるわよ。でも当分先の話ね。今はふたりの生活を楽しみたい」

「だったら、仕事を辞めなきゃいいのに」

「そりゃあ、経済的にはその方が楽だってことはわかってるけど、やっぱりね」

マリは木材を扱う輸入会社に勤めている。

「美月、知ってるでしょう、うちがどんなに残業の多い会社か」

時差のある外国との取引ということで、よくマリは真夜中まで会社に残っている。

「まあ、そうだけど」と、美月は頷いてワインを口にした。

「迷ったこともあるのよ。でも、働くのにちょっと疲れちゃったってところもあるのよね。このまま続けるってことは、今までの生活プラス家庭が加わるわけじゃない。どれだけ忙しくなるか考えただけでぐったり。結婚ってひとつのチャンスでしょう、自分の生活を変える。家庭に入って、お料理とか洗濯とか掃除とか、そういう楽しみも味わってみたいのよ」

美月の会社にも、結婚して働いている女性がいる。見ていて「大変そうだ」といつも感じる。食事の用意や掃除といった家事が、大抵の場合、妻の方に負担がかかっているケースが多く、やはりみな疲れた顔をしている。子供がいたりしたら尚更だ。保育園のお迎えでいつも時間を気にしているし、熱が出た、通園バッグを作らなきゃ、と時間も体力も余裕がないように見える。

他人の生活をとやかく言うつもりはないが、美月だってマリと同じ考えだ。できるなら、ああはなりたくない。結婚するなら、結婚そのものを楽しみたい。のんびり、穏やかに暮らしたい。

「でも、そういうことを言うと、批判されることも多いのよね」

美月は苦笑した。確かに、今時、「専業主婦になりたい」なんて口にするのは時代錯誤と言われるだろう。

「落ち着いたら、パートかアルバイトにでも出ようとは思ってるんだけど。でも、あくせくするのだけはいやだなあ」と言ったところで、マリが思い出したようにバッグに手を伸ばした。

「そうだ、そんなことより、ちょっとこれ見てくれる？」

マリが手にしているのはデジカメだ。

「この間、貸し衣装屋さんで写してきたの。ねえ、ウエディングドレス、この三着の中のどれがいいと思う？」

美月は差し出されたデジカメの小さな画面を覗き込んだ。

「これは、ストレートなラインのちょっと大人っぽいの。次のはスカートがバルーンになってて豪華な感じ。次はシフォンをふんだんに使ってて、芸能人みたいなの」

「どれも素敵」

美月は思わずため息をついた。

どうして、ウエディングドレスというのはこんなに心をわくわくさせるのだろう。結婚の予定などなくても、つい見入ってしまう。このドレスなら長いベールを引き摺《ず》って、こっちならティアラにして、これなら髪に白薔薇《しろばら》を飾ると素敵……どんどん想像が広がってゆく。

「ねえ、どれ?」

「そうねえ」

そして、最後にため息に辿《たど》り着く。どのドレスにしようか、そんなことを悩む日が自分にもいつか来るのだろうか。


会いたいのに会えない。

ここのところ、朔也は忙しい。今日も、退社直前にメールが入り、デートをドタキャンされた。急な残業が入ってしまったということだった。

〈うん、わかった。じゃあ今度ね〉

と、返信しておいたものの、内心の落胆は隠し切れない。

以前、朔也はどんな無理をしても美月のために時間を空けてくれた。一緒にごはんを食べて、それからまた社に戻って深夜まで仕事をする、というようなこともやってくれた。美月の方もつい「会えるまで何時でも待ってるから」と駄々をこねたこともあった。あの頃、何とか時間をやりくりしてたとえ五分でも会う、ということが、ふたりの気持ちを近づけていったように思う。そうしてすっかり近づいた今、朔也はだんだん無理をしなくなり、美月も徐々に我慢を覚えるようになった。

それを安定した関係と考えることもできるかもしれない。けれども、美月はどこか怖《おそ》れてもいた。自分の順位が少しずつ後ろにやられてゆくような気がした。仕事の次、会社の付き合いの次、そして、家庭の次。

だからこそ、考えてしまう。

もし、朔也と結婚できたら……。

たとえどんなに仕事で遅くなっても、必ず家に帰って来る。顔を合わせることができる。その身体に触れることもできる。同じ「待つ」でも、それがかなわない今の「待つ」とはまったく意味が違う。

五時を過ぎて、美月は会社を出た。予定は何もない。どうやら今日はまっすぐ家に帰るしかないようだと、駅に向かって歩いてゆくと、携帯電話が鳴り出した。

朔也の残業が中止になったのかもしれない。

咄嗟《とっさ》にそう思い、慌てて手にすると、見覚えのない番号が表示されていた。美月は怪《け》訝《げん》な気持ちで通話ボタンを押した。

「もしもし」

「えっと、僕、石川。ほら、この間合コンで会った。覚えてないかなぁ」

すぐに顔が思い出された。

「ああ、あの時の。でも、どうして」

携帯の番号を教えた記憶はない。

「あ、番号ね。あの時、一緒に来てた友達から教えてもらったんだ」

順子だ。

「近々、時間があったら一緒に飯でもどうかなって。ほら、この間ちょっといい店を知ってるって言っただろう」

誘いの言葉は少し軽薄に聞こえたが、どこか照れているようにも感じられた。

「いつなら空いてる？」

彼の問いに、美月は思わず言っていた。

「今なら」

一瞬、戸惑ったような短い沈黙があったが、すぐに弾んだ声が返ってきた。

「決まり、じゃあ今からだ」

4

「結婚しても、いつまでも恋人みたいな夫婦でいたいんです」

テレビから流れる華やいだ声に、英利子はキッチンで食器を洗う手を止め、顔を向けた。

最近、婚約したばかりの女性タレントが画面いっぱいに映っている。その笑顔は幸福に溢れんばかりだ。

同じことを自分も言っていたな、と、英利子は思わず苦笑した。結婚しても恋人時代と同じように過ごしたい。たとえば、週に一度は外でごはんを食べ、月に一度は映画やコンサートに出掛け、半年に一度は温泉に行って、一年に一度は海外旅行をする。「いってらっしゃい」と「おかえりなさい」のキスは欠かさない。当然、自分たちはそれができると思っていた。けれども、理想通りにはいかない。

結婚して四年、朔也は残業が多く、特にこの一年くらいはいっそう帰りの遅い日が増えている。たまに早く帰れる日もあるが、せめてその時ぐらいは手料理でもてなしたいし、休日は好きなだけゴロゴロさせてあげたい。でも月に一度は朔也の実家に顔を出さなければならないし、海外旅行をするには少し費用がかかり過ぎる。「いってらっしゃい」のキスは、毎朝ぎりぎりまで寝ている朔也が慌ただしく飛び出して行って、そんな余裕がないまま送り出し、「おかえりなさい」の方は、帰りの遅い朔也に待ちくたびれてつい先に眠ってしまうことも多い。それが現実だ。

恋人同士だった頃は、時間があればデートをした。会えない夜は電話をし、セックスだってたくさんした。それはとても幸せな時間だった。けれども、それだけでは何か足りないような気がしていた。できるなら、ふたりの関係をもう一歩深めたかった。もっと言えば、お互いを認め合う関係だけでなく、世の中に通じるポジションのようなものが欲しかったのだと思う。

結婚したことに悔いはないが、夫婦になってわかったことがある。それは、夫婦は恋人同士のように向き合っているわけではなく、同じ方向を見ているということ。それが嬉しくもあり、そして困ったことに、ほんの少し寂しくもあるのだけれど。

「もう、うちなんか全然よ」

今日も、料理教室の帰りに、生徒の主婦たちと代官山のカフェに寄った。いつものように本日のお勧めスウィーツとカプチーノを注文する。

「うちは月に一度、あるかないかっていう感じ。でも、私も日中は子供の世話や家事でくたびれてるから、もうそれで十分」

「前にしたのはいつだったか、忘れちゃった。それがね、うちのダンナは枕元《まくらもと》の明かりを点けて寝るのね、私は真っ暗派。寝室を別にしようかって、最近、本気で考えてるの。これってセックスレスの典型的な例かもね」

いつもと違うのは、どういうわけか話題がセックスに発展してしまったことだ。

ひとりが英利子に顔を向けた。

「森津さんはどう？　まだ子供もいないし、結婚四年なら新婚さんみたいなものだものね。今もラブラブなんじゃない？」

「まさか、うちなんかもう老夫婦みたいなものよ」

と、冗談めかして答えると、主婦たちはくふくふと小さく笑い声を上げた。

お喋りの内容が、本当かどうかなんて、誰も真剣に考えていない。他人の夫婦関係の実態など計り知れない。時に少しはしたなく、そんな話題をお茶と一緒に飲み下すのも悪くない、という程度のものだ。

ただ、自分の言った言葉がなまじ嘘や照れでないことに、英利子は少々戸惑っていた。結婚して変わったものの中にセックスもある。恋人の頃は、それはもう情熱的なセックスをした。今から思うと、ちょっと気恥ずかしくなるようなやり方を試したこともある。さわりたい、さわられたい、という衝動は恋心に比例していて、たぶん、それだけセックスがふたりにとって特別な行為だったということだ。

けれども結婚して半年もすると、それは特別でも何でもなくなった。朔也は必ず隣のベッドにいる。しようと思えばいつでもできる。その安心感が、少しずつ欲望を飼い慣らしていった。

妊娠のことが頭を掠《かす》めるようになってからは尚更だ。義務感も加わり、セックスはまた別の意味を持つようになった。

恋人時代はあれほど妊娠しないよう注意していたのに、今では、排卵日の日はカレンダーに赤い小さな印をつけ、さりげなく「早く帰って来てね」と、出勤する朔也の背に声を掛ける。

それがよいことなのか、寂しいことなのか、そんなことを考えてもどうしようもない。私たちは結婚した。

自ら選んで夫婦になった。もう恋人同士には戻れないのだから。

義母からの電話にいつも出ないわけにはいかない。

液晶画面に並ぶ文字に小さく息をつきながら、英利子は受話器を取り上げた。七時を少し回ったところだ。

「もしもし」

「ああ、英利子さん、私よ」

義母のよく通る声が耳に届く。

「はい」

「昼間も電話したんだけれど、いなかったわね。お出掛けだったの？」

「すみません、料理教室の日だったんです」

「ああ、そうだったわね」

義母の電話につい身構えてしまうのは、どうしても子供の話題が出るからだ。「その兆候はないの?」と言われ「え、まだ……」と答えるたび、駄目な嫁、というスタンプが押されてゆくような気持ちになる。一年ほど前に検査を受けた時はふたりとも異状なし、とのことだった。だから、そんなことは聞き流しておけばいいとわかっているし、朔也もそう言ってくれている。けれども日毎《ひごと》にプレッシャーは大きくなってゆく。当然、今夜もその話題が出るだろうと覚悟をしていたのだが、義母の言いたかったことは別だった。

「実はね、私の姉の息子なんだけど、秋に結婚が決まったのよ。この間、結納を済ませたんですって。それで、あなたたちからもお祝いをして欲しいの。朔也と英利子さんの結婚の時には、ちゃんといただいてるから、それに見合ったものをね」

「はい、それはもちろん」

と、答えたものの、自分たちの時にどんなものをもらったか思い出せない。

「何がいいでしょう」

「そうねえ、あなたたちの時は、クリスタルの花瓶をいただいたけど」

ああ、そうだ。あの花瓶だ。きっとそれなりの価値があるものなのだろうが、インテリアとまったく合わず、今も箱に入ったまま戸棚の奥で眠っている。

「あれと同じくらいの値段のものでいいんじゃないかしら。何にするかはあなたたちに任せるわ」

「わかりました」

「できたら、お祝いの品は早めにあげてちょうだい。ご祝儀の方は、結婚式の時に包めばいいけど」

英利子は素早く頭の中で計算した。従兄弟《いとこ》の結婚となると、どれくらい予算を立てればいいだろう。お祝い品として二万円、現金で五万円くらい。もし、ふたりとも式に招待されることがあったら、それでは少ないかもしれない。十万ぐらい覚悟しなければならないだろうか。何にしても、かなり痛い出費になることは間違いない。こんな予想外の冠婚葬祭の出費があるから、年に一度の海外旅行もなかなか実現できないのだ。

「じゃあ頼んだわよ。朔也にもよろしくね」

「はい」

「たまには顔を見せてちょうだいって伝えておいて」

そこにはちゃんと皮肉が混じっている。朔也に言っているのではなく、英利子に釘《くぎ》を刺している。前に戸塚《とつか》にある義母の家を訪ねてからそろそろ一か月がたとうとしていた。

「近いうちに行かせてもらいます」

「楽しみに待ってるわ。じゃあ、またね」

子供の話題が出なかったことにほっとしながら、英利子は受話器を置いた。

その夜、十二時近くに帰って来た朔也に、早速告げた。

「ふうん、あいつも結婚かぁ」

英利子はテーブルに食事を用意した。夜が遅いのでいつも簡単なものだ。今夜は玉子雑炊《ぞうすい》を作った。

「朔也の従兄弟になる人よね。私たちの結婚式にも出てくれてた？　いろんな人が来てたから、親戚の人たちのことまでよく覚えてないの」

向かい側の椅子《いす》に英利子は腰を下ろした。

「うん、確かいたと思うよ」

「お祝いは何がいいかしら。私たちの時はクリスタルの花瓶をもらったんだけど」

「そうだなぁ、何がいいかなぁ」

朔也はのんびり雑炊をすすっている。

「コーヒーカップとか、ナイフとフォークのセットとか。でも好みもあるだろうし、重なっても困るし」

「何でもいいんじゃないの、任せる」

「もう、そんなこと言わずにちゃんと考えてよ。そうだ、今度、デパートに一緒に見に行ってくれない。ちょうど、夏物のあなたのワイシャツも買いたかったし」

「うん、いいよ」

「あら」

あっさりした返事があって意外な気がした。朔也はあまり買い物が好きではない。男はみんなそうかもしれない。

「めずらしいのね」

「何が？」

「いつもは『面倒臭い』なのに」

「僕の従兄弟のお祝いだからな。それに、ここのところふたりで外に出ることもなかったし、たまにはどこかでうまいものでも食べようか。じゃあ今週の土曜日にしよう」

そんなことを言われるのも久しぶりだ。英利子は思わず朔也の顔を見直した。夫が妙に優しくなる。それは浮気をしている時だと、聞いたことがある。

まさか、朔也が。

「これ、うまいな。まだある？」

朔也が茶碗《ちゃわん》を差し出した。

「あるわよ」

英利子は受け取り、そんな想像をした自分に苦笑しながらキッチンに立った。

土曜日、午後五時。

銀座のデパートのティールームで朔也と待ち合わせた。朔也はどうしても顔を出さなければならない展示会があるとかで、昼前には家を出て行っている。

地下鉄の駅から通りに出て、デパートに向かって歩いてゆく途中、英利子の目に、ショーウィンドウに飾られたウエディングドレスが飛び込んできた。薄い羽根のようなシフォンがふんだんに使われ、ラインストーンがちりばめられた、夢の延長にあるような美しさだ。

「きれい……」と呟いて、英利子は思わず足を止めた。

三十歳で結婚した時、スカートが大きく広がったドレスを着るのはどうにも抵抗があって、大人っぽいタイトなラインのものを選んだ。でも今となると、あの抵抗は照れだったのだと思う。どうせ一生に一度のことなのだから思い切り華やかなドレスにすればよかったと、少し後悔する。

その時ふと、隣に立つ女性に気がついた。たぶん七、八歳下だろう。ドレスに魅せられたようにうっとりと見つめている。やがて英利子の視線に気づいたのか、彼女は顔を向けると、小さく肩をすくめた。その仕草が愛らしくて、思わず声を掛けていた。

「素敵ですね、ドレス」

「ええ、本当に」

彼女は目を細めて頷いた。

「もしかしたら、もうすぐご結婚?」

「いいえ……でも、そうなれたらいいなぁって」

恋をしている目だとわかる。結婚前、自分もきっとあんな目で朔也を見つめていたのだろう。

「そうなるといいですね」

「はい」

それから、互いに軽く会釈を交わし、右と左とに別れた。腕時計を見ると、約束の五時に二分しかない。英利子は慌てて待ち合わせのティールームに向かった。

5

ウエディングドレスが飾られたショーウィンドウを離れ、美月はふと足を止めて振り返った。

今しがた立ち話をした女性が、足早に人込みの中に消えてゆくのが見える。ちょっと素敵な人だった。大人で、落ち着いていて、服のセンスもなかなかだ。口調も穏やかで、全体に柔らかい雰囲気が漂っていた。女性の左手薬指に結婚指輪がはまっていたのを美月はちゃんと見ている。やはり結婚というのは、すべてにおいて余裕を与えてくれるものなのだろう。

女性というのは、年齢より、環境で変わると思う。会社にも今の女性と同じくらいの年齢の独身女性がいるが、みなどこか頑《かたく》なさが身に染み付いている。たぶん、肩に力を入れなければまだまだ認められない雰囲気が会社の中にあるということだ。もちろん、仕事をバリバリこなすキャリア女性の中にも素敵な人はいる。そういう人に憧れないわけではないが、それにはやはり適性というものがある。冷静に考えて、自分にそれがあると思えない。仕事に生きるより、料理を作ったり、部屋を片付けたり、そんな日常のこまごましたことをしている方が自分には似合っている。

やっぱり結婚したい。あんなウエディングドレスを着てバージンロードを歩きたい。髪に小さなティアラを飾り、ブーケはありがちだけれど白薔薇がいい。もちろん隣に立つのは朔也だ。ふたりで神さまの前に跪《ひざまず》き永遠の愛を誓う。そうなったらどんなに幸せだろう……。

そんな想像をして、美月はつい熱い息を吐き出した。

その朔也とついさっきまで一緒だった。マリの結婚祝いを選ぶのに付き合ってくれたのだ。無茶を承知で「何とか時間を作って」と駄々をこねたら、朔也は聞き入れてくれた。土曜日に会えると思っていなかったので、飛び上がるぐらい嬉しかった。

その嬉しさというのは、妻より自分を大切にされたという満足感だ。ささいなことかもしれないが、それはとても重要なことだと思う。少なくとも、今日は家庭より優先順位を上にすることができたのだ。

でも「結婚したがっている」なんて、朔也に思われたくない。重荷に感じられるのは嫌だし、要求する女にもなりたくない。むしろ「そんなこと考えてもいないわ」と無理してでも振舞うのが、今の自分にとっての唯一の武器のように思える。たとえ、どんなに強がりだけの武器だとしても。

朔也とは五時少し前に別れた。もっと一緒にいたかったのだけれど、取引先の展示会に顔を出さなければならないとのことだった。地下鉄の駅まで来たものの、このまま家に帰るのが何やら味気なく思えた。せっかく週末に銀座まで出て来たのだからもう少し楽しみたい。その時、石川友章の顔が頭に浮かんだ。

彼とは先日、食事をした。朔也にデートをキャンセルされた日にたまたま連絡が入って、ちょっと当て付ける気持ちもあって会ったのだ。久しぶりに朔也以外の誰かとお酒を飲み、お喋りをするというのは新鮮だった。友章は話も面白いし、洒落た店も知っている。何より「今夜もあなたは家に帰ってしまうのね」とか「私たち、これからどうなるの?」などと心を惑わされずに済む分、気が楽だった。

あの時「また、飲もう」と友章は言っていた。美月はバッグから携帯電話を取り出した。自分から誘うことに、抵抗がないわけではなかったが、朔也で満たされない分を穴埋めしたい気持ちがあった。それにたとえ断られても、自尊心を傷つけられるほどの関係ではない。それならそれで「じゃあまた今度」と言えばいいだけだ。

コールが三度あって、繋《つな》がった。と思ったら、いきなり「今、どこ?」と聞かれて、吹き出しそうになった。

「何なの、それ」

呆れたように美月は言った。

「だって名前は表示されるし、この時間の電話なら、飯でも食おうってことだろう?」

友章の口調はざっくばらんだ。

「まあ、そうだけどね」

「それで、今どこ?」

「銀座にいるの」

「じゃあ四十分ってところだな」

その後、友章は待ち合わせに便利なコーヒーショップの場所を指定し「今日はうまい焼鳥を食べよう」と言って電話を切った。

本屋でしばらく時間をつぶし、約束のコーヒーショップに入って窓側の席に座り、美月は道行く人をぼんやり眺めた。銀座の街は、平日はカップルや友人連れが多いが、週末になると家族連れが目立つ。以前、目につくのは恋人同士ばかりだった。幸せはいつもそこから感じ取った。けれど今は、家族連れが気にかかる。

今まで、いくつかの恋愛をしてきた。決して多い方ではないし、失敗もあるけれど、その時なりに心から相手を愛したはずである。けれどもいつか心は離れ、ふたりで過ごした時間も築き上げた関係も過去のものになってしまった。恋愛は、終われば、すべてがゼロに戻る。それをこれからも繰り返してゆくことを想像すると、それだけで疲れ果ててしまう。もう恋愛はいい。これからは、その先にあるものに辿り着きたい。

こんなことを考えてしまうのも、やはり二十六歳という年齢のせいだろうか。それとも友人たちが結婚し始めたせいだろうか。朔也と出会ったからだろうか。

「お待たせ」

その声に顔を向けると、友章が立っていた。

「すぐ出られる？」

「うん」

友章が案内してくれたのは、新橋《しんばし》近くにあるカウンターの焼鳥店だ。とはいえ中年サラリーマンが会社帰りに寄る店ではなく、さも女性が喜びそうな洒落た造りの店だ。ふたりは空いた席に腰を下ろした。

「ここはね、比内鶏《ひないどり》を使っていてすごくうまいんだ。飲み物は何にする？」

「じゃあ、ビール」

友章が店の人にそれを注文し、メニューを広げる。

「食べるのは何がいい？」

「そうね……うーん、任せてもいい？」

「もちろん。嫌いなものは？」

「何でも大丈夫」

「よし。じゃあ、ももに手羽につくね――」

と、友章はてきぱきと決めてゆく。美月は思わず感心して言った。

「石川さんって、ほんと、こういうことに慣れてるって感じ」

「そう？」

「ちゃんとみんなお膳立《ぜんだ》てしてくれるもの。だから何でも安心して任せておける。女の子ってきっとそういうのに弱いんでしょうね」

「君も弱い？」

「一般論を言っているの」

「でも、言っておくけど別に計算してるわけじゃないよ」

「そうかな」

その言葉はあまり信じられない。かなりの場数を踏んでいるように感じる。美月の疑いの目に、友章は少し慌てている。

「だってせっかくのデートなのに、店をどこにするとか、注文をどうするとか、そういうことに時間をつぶしたくないんだ。だいたいそこで躓《つまず》くと、次がシラケて、お喋りまで弾まなくなる。だから、こういうことはてきぱき決めるに限ると思ってるんだ」

ビールが出てきて、ふたりで乾杯した。確かに、せっかくのデートなのに、どこに入るか何を食べるかでエネルギーを使い果たしてしまうことがある。朔也はどうだろう。どちらかと言うと「何でもいい」というタイプだ。そうなると、美月が友章になって「じゃあ今夜はこの店で、あれを食べましょう」になる。でも、好きな相手ならぜんぜん苦にならない。

「急な電話でびっくりしたんじゃない?」

美月は話題を変えた。

「こんなびっくりならいつでも大歓迎」

友章が笑顔を向ける。その表情がとてもストレートで、美月は少し困ってしまう。もし友章が私に好意を持ってくれてるとしたら。

それを意識すると少し態度がぎこちなくなった。けれども、友章は相変わらず相手を退屈させない話術を持っている。次から次と話題を持ち出して、美月を何度も笑わせてくれた。

結局、店を出たのは九時に近い時間になっていた。呼び出したのは自分ということもあって「私が払う」と言ったのだが、友章は頑として受け取らない。

「でも、それじゃ困るから」

世の中には、男に奢《おご》らせるのを当然のように考えている女もいるが、美月はそうは思っていない。特に恋人でもない相手とは、五分五分でありたい。少なくとも、友章に借りを作るような形になりたくない。

「じゃあ次はそうしてもらう」

「じゃあ次はね」

と言ってから、美月はふと慌てた。朔也という大切な恋人がいるのに、こんなに簡単に別の男と約束している自分がいる。

「また電話するよ」

かといって今更後にも引けず、美月は後ろめたい気持ちを持て余しながら、「ええ」と頷いた。

週明け、社員食堂で順子と昼食を食べていると、偶然、朔也が近くの席に腰を下ろした。誰にも気づかれず、ちらりと視線を交わし合い、あとは知らん顔を通す。ふたりだけに通じ合うその瞬間は、周りに誰がいても、まるでベッドの中にいるような、うっとりした気持ちになってしまう。そこへ別の部署の知り合いがやって来た。

「矢野さん、土曜日、見ちゃったわよ」

彼女はトレイをテーブルに置いて、からかうように美月の顔を覗き込んだ。一瞬、箸《はし》を持つ手が止まった。まさか、朔也と一緒に買い物してた姿を見られたのでは……。

「九時頃だったかな、銀座を歩いてたでしょう。一緒にいた人、彼氏?」

まずはほっとした。それから、朔也に聞こえたのではないかとハラハラした。

「誰よ、誰。美月ったら、いつの間にそんな人ができたのよ」

順子も身を乗り出してくる。

「たまたま知り合いの人と会っただけ」

「そうかなぁ、そんなふうには見えなかったけど」

彼女は屈託なく言う。こういう話はＯＬたちの会話の中にはよくあることだが、今は近くに朔也がいる。その距離は、聞こえるか聞こえないか、微妙なところだ。

「あら、とぼけちゃって」

「違うの、本当にそんなのじゃないんだって」

「ねえ、どんな彼?」

順子はますます興味津々に、彼女に話を振った。

「なかなかいい男だった。矢野さんとお似合いって感じ」

「ねえねえ、言いなさいよ。どこの誰なのよ」

「だから、ただの知り合いだって言ってるじゃない」

朔也に聞こえたらどうしよう、その不安はもちろんある。けれども同時に、聞こえればいいのに、とどこかで思っている自分もいた。聞こえて、妬《や》いてくれたらいい。私だってモテるのよ。だから安心なんかしないで。放っておいたらどうなるかわからないんだから。だからつい、全面的に否定するのではなく、ほんの少し曖昧な返事をしてしまう。

やがて、食事を終えた朔也が同僚たちと食堂を出て行った。その後ろ姿を見たとたん、美月は急にいたたまれない気持ちになった。

怒ったかもしれない……。

けれど、それを後悔してももう遅い。

もっとちゃんと否定すればよかった……。

やがて美月も食事を終え、デスクに戻った。けれども、午後の仕事の間中、そのことばかりに頭を悩ませることになった。どうしよう、何てバカなことをしてしまったのだろう。嫉妬《しっと》させるどころか、朔也に「何だ、適当に遊んでいるんじゃないか」などと思われてしまったかもしれない。こういう時こそ一途《いちず》さをアピールすればよかった。だって、実際にそうなのだから。誰が何と言っても好きなのは朔也だけなのだから。

ようやくメールを送ろうと決めて、美月は携帯電話を持って席を立ち、洗面所に入った。見るとメールの着信が表示されている。朔也からだった。

〈会いたい〉

たったひと言が目に飛び込んできた。美月の気持ちは瞬《また》く間に甘く溶け出した。やっぱり妬《や》いていたのだ。それだけ私のことを大切に思ってくれているのだ。美月はすぐに返信した。

〈いつものところで七時に待ってる〉

さっきまでの不安など、もう嘘のように消えていた。

6

昨夜《ゆうべ》から、朔也と冷戦状態が続いている。

朝食は、いつものようにトーストと目玉焼きとサラダを用意したが、朔也はコーヒーに口をつけただけで、キッチンに立つ英利子には声も掛けず出勤して行った。

玄関ドアが閉まる音を聞いて、英利子はダイニングチェアに腰を下ろした。思わず、ため息がもれた。結婚前にも喧嘩《けんか》はよくした。こじれて、別れようかと考えたこともある。大声で言い争ったり、意地でも電話に出なかったり、人目もはばからず泣きじゃくったこともある。今思えば、原因なんて大したことではないのだが、あの頃の英利子にとって、そのひとつひとつが自分の人生に関《かか》わる重大な出来事のように思えた。

朔也はいったい私をどう思っているの？　本当に結婚していいの？　一生添い遂げられる相手なの？　私の運命の人なの？

未来とか将来とか、そんな実態のないものが不安でならなかった。だからこそ、小さな行き違いでさえ真剣に争った。それに較《くら》べ、結婚してからの喧嘩はずいぶん低温になった気がする。朔也の方が「嵐《あらし》が過ぎ去るのを待つ」というスタンスに変わったせいもあるだろう。二、三日はどこかぎくしゃくしても結局は平穏な毎日に戻ってゆく。

けれども、昨夜はそういうわけにはいかなかった。久しぶりに、頭に血が上り、言いたいことを口にした。原因は、義母だ。

昨日、久しぶりに戸塚にある朔也の実家を訪ねた。ここしばらく顔を見せていなかったせいで、義母は待ちかねたように歓待してくれた。テーブルには朔也の好きな料理が並び、べったりと朔也の世話をやいていた。まあ、これはいつものことだ。何しろ朔也は長男で、森津家の大事な跡取りなのだから仕方ない。

朔也には四歳下の妹がいるが、今は結婚して大阪に住んでいる。六十八歳になった義父は、穏やかでのんびりした性格だ。すでに定年退職し、今は碁《ご》を打ったり、友人とゴルフに出掛けたりとそれなりに老後を楽しんでいる。義父の相手をするのは少しも苦にならなかった。英利子の故郷、広島にいる父とどこか似ているところがあって、会うと何やらほっとした。それに較べ、義母にはいつも緊張を強いられる。だいたい義母には趣味というものがないので、興味はみんな朔也に向かい、その大事な息子の妻である英利子の一挙手一投足が気になって仕方ないのだろう。しかしまあ、そのことも受け入れようと思う。食事は和やかにすすみ、義父も朔也もビールを飲んで顔を赤くしていた。

　義母がふと言った。

「今度の姉の息子の結婚式だけど、英利子さん、色留袖《いろとめそで》で出てくれる?」

　言われた時は少し困った。色留袖など持っていない。貸衣装に頼るしかないな、と考えた。また出費が嵩《かさ》むけれど、それも仕方ない。親戚付き合いは無難にこなしておくのがいちばんだ。

「そうそう、朔也の同級生の山村《やまむら》くん、この間、ふたり目が生まれたんですって。駅前でお母さんにばったり会って聞かされたわ」

　これはこたえた。子供のことは、どうにも避けられない話題のひとつになっている。けれどもそれも何とか聞き流した。

「それでね、少し気が早いかもしれないけれど、あなたたちに子供ができたら、こっちに引っ越して来るっていうのはどうかしら？」

その言葉には、さすがに手にしていた箸を止めた。

「あなたたちにその気があるなら、思い切って二世帯住宅に建て替えようかと思ってるの。東京なんて物騒だし、子供を育てる環境じゃないでしょう。会社までちょっと遠いけど、通えない距離じゃないし、近所にも通勤している人はいっぱいいるわ。ねえ、どうかしら」

義母の言葉には驚いたが、答えた朔也の返事にはもっと驚いた。

「そうだなぁ、それもいいかもしれないなぁ」

もしかしたら、朔也は相当酔っていたのかもしれない。英利子は慌てて言い足した。

「でも、せっかくマンションも買ったことですから」

「そんなの、売ればいいじゃない。それで、そのお金を建て替えに回せばいいのよ」

反発を覚えた。あのマンションの頭金の半分は、英利子の両親が出したのだ。売って建て替えに回すだなんて、それは少し身勝手というものではないか。

「孫の面倒は見てあげるから。そうしたら英利子さんだって自由な時間がいっぱい持てるでしょう」

帰り道、酔った朔也の代わりにハンドルを握りながら、英利子は念を押すように言った。

「さっき言ったこと、本気じゃないわよね」

「何だっけ」

朔也はシートにもたれて、のんびり答えた。

「二世帯住宅のこと」

「ああ、あれか」

「その気もないのに、お義母《かあ》さんに期待を持たせるようなこと言わないで。もし、本気にされたらどうするの」

「僕はどっちでもいいよ」

無責任な言い方に、カッとして言い返した。

「どっちでもいいって、どういうことよ」

「だって、子供をお袋に見てもらえるなら、英利子だって楽できるだろ」

「そんな問題じゃないでしょ。一緒に暮らすことになったら、私たちの生活は今までとまったく違うものになってしまうのよ」

朔也はあくびを嚙《か》み殺した。

「何をそんなにムキになってるんだよ。あくまで子供ができたらの話だろ」

「いつできるかわからないじゃない」

「できたら、また、その時に考えればいいじゃないか」

「その時になってから断ったら、きっと私が悪者にされる」

「ふうん、英利子がそんなに僕の両親と暮らすのがいやだとはな」

英利子は口籠《くちご》もった。いやというわけではない。長男なのだから、それなりの覚悟をしているつもりだ。でも、結婚して四年もたてば状況も変わる。決して義母を嫌っているのではなく、快適な関係を保つためにはある程度の距離が必要だということだ。世の中で、これほど嫁と姑《しゅうとめ》の問題が取り上げられているのに、どうして朔也にはわからないのだろう。「うちに限って」などと、朔也もそんな気の回らない夫であり、息子であるということなのだろうか。

「朔也は何もわかってない」

英利子が強く言うと「もういいよ」と、朔也は不機嫌そうに目を閉じ、中野のマンションに着くまでそのままだった。


その日の午後、悦子に電話した。

「急だけど、今夜、空いてない？」

秘書課の主任になった悦子が忙しいことはわかっている。断られるのを覚悟していたが、思いがけず「いいわよ」との返事があった。

七時に四ツ谷駅で待ち合わせた。久しぶりの夜の外出ということで何だか気持ちが高揚し、時間をかけて服を選び、化粧も念入りにした。

朔也には〈夜は外出する〉とメールしておいた。どうせ今夜も遅いに決まっている。いつもなら、働いている朔也に対してどこか後ろめたい気持ちを持つのだが、喧嘩のこともあって、当て付けのように今夜は思い切り楽しもうという気になっていた。

四ツ谷駅は人でいっぱいだった。それでも悦子の姿はすぐに見つけられた。見た瞬間、驚いた。悦子と会うのは一年ぶりぐらいだが、佇《たたず》む姿は落ち着いていて、服もどうということのない紺色のスーツなのにとても洗練されていた。英利子は自分の着ているクリーム色のアンサンブルニットがひどく野暮ったく感じられた。

「あ、ここ」

悦子が手を上げる。英利子は笑みを浮かべながら近づいた。

「久しぶり、元気だった?」

「何とかね。英利子、そのニットよく似合ってる。人妻のフェロモン出まくりじゃない」

「いやね、悦子こそデキる女のオーラがほとばしってるわよ」

「あはは、よしてよ」

ふたりで、駅から歩いて五分ほどの距離にある和食屋に向かった。最近、悦子お気に入りの店だという。

「造りはお洒落だし、お料理はおいしいし、値段も手頃で、ちょくちょく利用してるの」

確かに常連らしい。入ると、店の人が愛想よく出迎えてくれた。

結婚前は、英利子もこんな店を何軒も知っていた。今夜はイタリアン、明日はベトナム料理と、毎日のように出掛けたものだ。そうすることが、独身を有意義に楽しんでいる証《あかし》のように思えた。テーブル席に座って、いくつかの料理を注文し、冷酒で乾杯した。

「うーん、おいしい」

思わず口から出てしまう。冷酒なんて久しぶりだ。向かいで悦子が笑っている。

「以前は、毎晩のように飲んだのに」

「ほんと、会社からまっすぐ家に帰るなんて、時間がもったいないような気がしたもの」

「その上、週末は真夜中までクラブで踊って」

「そうそう。今考えると、よく体力が保《も》ったと思う。悦子は今もその調子?」

「まさか、もうぜんぜんよ。仕事が終わる頃にはぐったり。早く、マンションに帰ってベッドに潜り込みたい」

「主任になったら、やっぱり大変なのね」

「責任のかかり方がぜんぜん違うから。間違えてすみません、じゃ済まないことばかりだもの。ストレスたまりまくり」

そう言うが、悦子の表情には仕事に対する自信と意気込みがありありと窺《うかが》える。

「何だか、羨ましい」

悦子が英利子を見返した。

「羨ましい？　私が？」

「バリバリ仕事をして、どんどんキャリアを積んで、自分のために好きに時間を使って、買いたいものは全部自分のお金で買う。すごく自由って感じ」

悦子は困ったような顔つきで冷酒を飲んだ。

「よしてよ。羨ましいのは私よ。英利子は、いつもダンナ様に守ってもらって、昼間は趣味のお料理教室に通って、欲しいものは自分で稼がなくても買ってもらえるんだから」

「ムリムリ、家計を考えたら、自分のものなんていつもいちばん後回し」

「私だって、毎日、急な残業やら上司の我儘《わがまま》の対応にふうふう言ってる」

二本目の冷酒を注文した。加茂茄子《かもなす》の田楽《でんがく》や鰊《にしん》の甘露煮《かんろに》など、気の利いた京都のおばんざい風の料理を、ゆっくり味わってゆく。

「何かあった？」

悦子が尋ねた。

「何かって？」

「英利子が誘ってくるなんてめずらしいから」

少し口籠もった。

「あったってわけじゃないけど……でも、こうしていると不思議な気がする。私、あの時どうしてあんなに結婚したかったのかなって。仕事を辞めるのにも躊躇《ちゅうちょ》がなかったのかなって」

言いながら、英利子は冷酒のグラスを口に運んだ。口当たりのよさについ調子に乗って飲んでしまい、頭が少しくらくらする。酔ってこんな感じだったな、と改めて思い出す。気分が妙にハイになり、ますます口が回り出す。

「確かにあの時は結婚したくてたまらなかった。それ以外のことなんて頭になかった。でも今は、悦子にすっかり取り残されてしまったって感じ。だって、悦子は何もかもがこれからじゃない。仕事だって恋愛だって結婚だって、目の前が開けているっていうか、可能性に満ちているっていうか。それに較べたら、私なんて、人生の範囲がもう決められてるんだもの」

悦子は英利子を眺め、ため息まじりに言った。

「いったい、どうしたのよ」

「だから、別にどうもしないけどね」

「結婚前、英利子は幸せいっぱいだったでしょ。もう怖いものなしって顔をしてたのよ。こう言っちゃ何だけど、癪《しゃく》に障るぐらい」

英利子はふとグラスを持つ手を止めた。

「今だから聞くけど、あの時、私に同情してたんじゃない？　これからも頑張って働かなくちゃいけないなんてお気の毒さまって」

「まさか」

慌てて否定した。けれど、確かにそんなふうに思った自分もいたはずだ。

「その英利子がこんな愚痴をもらすなんて、正直言ってがっかりよ。大恋愛でも行き着く末は同じってこと？　主婦ってそんなにつまんない生活なの？　何だか結婚するのがいやになっちゃう」

酔いが急激に醒めてゆく。非難よりこたえた。悦子の顔をまともに見られず、英利子は今になって誘ったことを後悔した。

7

愛さえあればいい。

朔也を好きになってから、美月は何度もそう自分に言い聞かせてきた。結婚していることは最初からわかっていた。望んではいけないことがたくさんある恋ということも、世の中の多くの恋人たちが難なくできることを自分たちはできないということも。でも、その分だけ、朔也と過ごす時間は蜜《みつ》のように甘いし、朔也に抱かれる時は我を失うほど満たされる。

いつだって、朔也が確かに私を愛してくれているという実感があるから、だから我慢しなければならないことがあるのは仕方ないと思っている。この間も、たまたま通りかかったペットショップに可愛いチワワを見つけて「いつか飼いたいな」と言うと、朔也は困ったような顔をした。

言ってはいけないことがまたひとつ増えてしまった。たとえば「朝まで一緒にいたい」や「友達の結婚が決まったの」や「私ってあなたの何なの？」のように。これからもっと増えてゆくのだろうか。

「もう、毎日、てんてこ舞いよ」

向かいの席に座るマリの声に、美月は我に返った。

「そうなんだ」

美月は白ワインを口にした。

今日、結婚祝いを渡しがてら、ふたりでパスタを食べに南青山《みなみあおやま》にやって来た。

「新婚旅行、本当はタヒチにする予定だったのに、あちらの両親がちょっと贅沢過ぎるんじゃない、なんて言い出して、ハワイになりそうなの」

マリは口を尖《とが》らせて、ボンゴレスパゲティをフォークに巻きつけた。

「いいじゃない、ハワイ」

「でも、ハワイならいつでも行けるじゃない。実際、もう二度も行ってるし。新婚旅行は一生に一度のことだもの、最高の思い出にしたいの」

最高の思い出。自分にとってそれは何だろう。

以前、朔也とふたりで温泉に行ったことがある。朔也が出張の後に一日休暇を取って、箱根《はこね》で待ち合わせたのだ。旅館で、仲居さんから「奥さん」と呼ばれるたび、すごく照れくさくて、すごく嬉しかった。一緒にごはんを食べて、一緒にお風呂に入って、一緒の布団で抱き合った。浴衣《ゆかた》は朔也にすぐに脱がされて、裸のまま、ふたりで朝まで何度も愛し合った。こうして思い出しても、とろけるような一夜だった。

そして、同時に蘇《よみがえ》る。

翌日、目が覚めた時から、これから別々の家に帰らなければならないことを思うと、途方に暮れてしまいそうだった。このままずっと一緒にいたい、離れたくない。どうしてそれができないのだろう。私たち、こんなに愛し合っているのに――。その気持ちを抑えるのに必死だった。

　朔也を愛したことで、今まで知らなかった幸福を知ることができたのは確かだ。けれども、悲しみや辛《つら》さや切なさもまた、今まで経験したことがないくらい味わっている。

「それで、昨日も彼と大喧嘩」

　美月は小さくため息をついた。そんなことで喧嘩ができるマリが心底羨ましく思えた。

「いいじゃない、場所なんかどこでも。好きな人と一緒にいられるんだもの、それだけで十分じゃない」

　言ってから、驚いたことに鼻の奥がツンと痛み、いけない、と思うと同時に涙が滲《にじ》んだ。

「美月……」

　マリが目を丸くしている。

「あ、やだ、私ったら、どうしちゃったんだろう」

　美月は慌ててバッグからハンカチを取り出し、目の端を拭《ぬぐ》った。

「前から思ってたんだけど」

　マリがフォークを置いて、わずかに身を乗り出した。

「美月、面倒な恋愛をしてるんじゃない？」

　首を横に振ろうとしたのに、動かなかった。朔也とのことは秘密だ。でも、本当は誰かに聞いてもらいたかった。どんなに愛し合っているかも、どんなに辛い日々を送っているかも。

「やっぱりそうだったんだ」

マリが長く息を吐き出した。

「相手の人、結婚してるの？」

美月は無言で頷く。

「美月は、その人と結婚したいと思ってるの？」

また頷く。

「で、その人はどう言ってるの？」

「何も」

「何もって、どういうことよ」

「結婚してなんて、私から言えないもの」

「どうして」

「だって……」

ひと言では説明できない。朔也に結婚したがっていると思われたくないし、それを口にすれば朔也がどれほど困るかもわかっている。愛さえあればそれでいい、という思いもある。

「駄目よ、そんなんじゃ。男を付け上がらせるだけ。男なんてね、面倒なことはなるべく避けて通りたいんだから。美月が物分りよく振舞えば、男はそれをいいことに、都合よく美月を扱うだけ」

朔也はそんな人じゃない。マリは朔也という人を知らないからそんなことが言えるのだ。朔也だって苦しんでいる。もしかしたら私以上に。愛しているから、これ以上、朔也を苦しめたくない。

「女は、負けの恋愛をしちゃいけないと思う」

美月は顔を向けた。

「負けの恋愛？」

「そう。負けの恋愛をすると、何でも我慢する癖がついちゃうの。そういうのって卑屈になるだけよ」

マリの言葉が胸に響く。負けの恋愛、我慢、卑屈……認めたくないけれど、自分は確かにそこに近づきつつあるのかもしれない。

「相手の人っていくつ？」

「三十七歳」

「子供はいるの？」

「ううん」

「結婚、何年？」

「四年かな」

「だったら」

マリはそこで口調を変えた。

「奪っちゃいなさいよ」

美月は一瞬、息を止めた。

「本気で好きなんでしょう、その人のこと」

「……うん」

「大切なものはね、戦って手に入れるの。いい子でいたって、幸福なんて転がり込んできやしないんだから。欲しいものは欲しいと意思表示しなくちゃ、いつまでたっても誰かのものでしかないの」

「マリは、強いから」

「それくらいの強気でなくちゃ、勝ちの恋愛なんてできないって」

「そうかもしれないけど」

「それでね、ここからが肝心なんだけど、相手の出方によっては別れる覚悟も持たないと駄目だからね」

朔也と別れる？　まさか。そんなこと、自分にできるはずがない。

「できるとかできないとかじゃなくて、そうするの。でないと、大切な時期を棒に振っちゃうよ。取り返しのつかないことになっちゃうよ」

マリはまじめな顔つきで言った。

仕事をしていても、マリの言葉がずっと頭から離れなかった。

確かに自分は少し聞き分けがよ過ぎたかもしれない。つい先回りして、これを言ったら朔也がどう思うだろう、あれを言ったら朔也は傷つくかもしれない、そんなことばかり考えて、自分の思いを何度も呑《の》み込んできた。

このままでいいの。

以前、朔也に言ったことがある。でも、それは嘘だ。このままでいいなんて思ったことは一度もない。本音は、朔也と結婚したい、朔也と一生一緒にいたい。朔也はそんな私の気持ちをわかっているだろうか。それとも、わかっていて気づかないふりをしているのだろうか。

「どうしたの？　ぼんやりして」

顔を上げると、順子だった。

「ううん、何でも」

美月は慌てて笑顔を作った。

「ねえ、今度また合コンがあるんだけど、どう？　結構いい条件の相手らしいんだ」

「うーん、悪いけど、遠慮しとく」

断ると、順子は空いていた隣のデスクの椅子に腰を下ろした。

「ねえ、本当はあの石川って広告代理店の彼と付き合ってるんでしょう？」

「やだ、付き合ってないわよ」

「隠さなくたっていいじゃない」

「ほんとだって」

少々、後ろめたい気持ちもないではなかったが、実際、彼と付き合っているわけじゃない。何度か一緒に食事をしただけだ。

「じゃあ、私が彼を誘ってもいい？」

「どうぞ、どうぞ」

と言ったものの、少しばかりためらいに似たものが胸の中を掠めた。ふたりが付き合うことになったらいやだな、と思った。そして思った自分に驚いていた。朔也というかけがえのない恋人がいるのに、私は欲張りなのだろうか。それとも、どこかで彼を逃げ場にしようとしているのだろうか。


マリに言われた通り、今夜、美月は朔也に自分の本当の気持ちを伝えようと決心していた。

奪うか。大切な時期を棒に振るか。

それとは違う答えが見つけられればいいのだけれど、何をどう考えても、結局のところ、このふたつしかないように思えた。

いつも行く外苑前のカウンター・バーで、朔也はスコッチウイスキーの水割りを、美月はココナッツのカクテルを飲んでいる。もうお互いに三杯目だ。カウンターの向こうにある棚は鏡になっていて、美しい色と形のボトルが並び、その隙間《すきま》に美月と朔也の顔が見え隠れしている。

「会社で、何かしくじった？」

朔也が穏やかな笑みを向ける。美月の大好きな、朔也の優しさが溢れた表情だ。

「どうして？」

「今日はあまり元気がないみたいだから」

「うん……ちょっとね」

「何があった？」

美月は顔を向けた。もしかしたら、朔也を失ってしまうかもしれない。でも、いつものように言葉を呑み込んでしまったら、何も変わらないこともわかっている。来年、私は二十七歳になる。マリだって結婚する。私だって結婚したい。朔也と一緒に生きてゆきたい。

美月はひとつ深呼吸した。

「私って、あなたの何なのかなって」

「え……」

明らかに、朔也の顔に困惑が広がってゆく。

「どうしたの、急に」

「あなたは、私にとってこの世でいちばん大切な人。あなたにとっての、私は？」

「もちろん同じさ。美月は、僕のいちばん大切な人だ」

「奥さんより？」

朔也はゆっくり水割りを口にした。

「難しい質問だな。彼女は家族だからね、比較するのには無理がある。美月だって、お父さんやお母さんと僕を比較できないだろう？」

「私はできる、私は誰よりもあなたが好き。両親よりずっと」

カクテルに酔っているのか、自分の言葉に惑わされているのか、美月はもうわからなくなっている。

「どうしたんだ、いったい」

「ずっと我慢してたの。でも、もうそれはやめる。自分に正直になるって決めたの」

朔也は黙った。

「私、未来が欲しい。あなたとふたりで生きてゆく未来。家庭を持ちたいし、赤ちゃんも産みたい」

朔也は唇を固く結んだまま、グラスを見つめている。

「いつも強がり言ってたけど、毎日とても寂しかった。辛くて悲しくて、いったいいつまでこんな毎日が続くのか、想像しただけで息が苦しい。私、もう駄目かもしれない」

「美月……」

「いっそのこと、私のことなんか本当は何とも思ってないって言って。遊びだって、結婚する気なんかぜんぜんないって。そうしたら、私、諦《あきら》められるから。あなたのこと、嫌いになれるから。それで、ちゃんと私を幸せにしてくれる男の人を探すから」

少し離れた場所に座るカップルが、ちらちらとこちらを見ている。興味津々の目だ。溢れる涙を止められそうになかった。いたたまれなくなって、美月は思わず席を立ち、店の外へと飛び出した。

泣きながら歩いた。もうこれで、何もかも終わりなのかもしれない。

「美月」

その声に振り向くと、朔也が駆け寄ってくるのが見えた。朔也はそのまま美月の前に立ち、真正面から抱き締めた。

「ごめん、悪かった。美月をそんなに苦しめているなんて知らなかった。何とかするから、美月の望むようにするから。だから、僕のそばにいてくれ。お願いだ、他の男のところなんか行かないでくれ」

「その言葉、信じていいの?」

「約束する」

朔也の腕の中で、美月は幸福のあまり、身体中から力が抜けるのを感じた。

8

料理教室を終え、いつものように顔見知りの主婦たちとカフェに寄ろうと帰り支度をしていると、アシスタントから呼び止められた。

「森津さん、先生がちょっとお話ししたいっておっしゃっているんですけど、よろしいですか」

「あ、はい」

「じゃあ事務所の方にお願いします」

教室は、代官山のビルのワンフロアーを借り切っている。広さは二十畳ぐらいだ。隣に事務所があり、そこに顔を覗かせると、先生の藤島玲子《ふじしまれいこ》がソファに座っていた。

「どうぞ」

にこやかに向かいのソファを勧められ、英利子は緊張しながら腰を下ろした。

「ごめんなさいね、突然」

「いいえ」

この料理教室に通い始めて、まだ一年もたっていない。玲子から、特別に声を掛けられるほど親しいわけでもない。話というのは何だろう。もしかしたら「やめてくださらない？」などと言われるのではないか。アシスタントがハーブティーを持って来て、英利子の前に置いた。アシスタントはふたりいる。彼女たちは食材の調達から料理の下準備、後片付けなどを行っている。

「実は折り入って、お願いがあるの」

玲子は美しい。四十五歳と聞いているが、とてもそんなふうには見えない。服のセンスがよく、アクセサリーなどの持ち物も趣味がいい。外交官の夫と長く海外生活を過ごしたという経歴を持っていて、立ち居振舞いも洗練されている。テレビや雑誌にひっぱりだこなのは、料理の腕ばかりでなく、メディア受けする容姿や雰囲気のせいもある。そんな玲子は、英利子にとっても憧れの存在だ。

「何でしょうか」

英利子は緊張しながら答えた。

「私の仕事を手伝ってもらいたいの」

思いがけない言葉に、英利子は思わず顔を上げた。

「え……」

でも、英利子の料理の腕など初心者も同然だ。そんな自分がアシスタントになれるはずがない。周りにはもっとベテランの生徒たちがいる。その困惑に気づいたのか、玲子は首を振った。

「仕事といっても料理の方じゃないの。私の秘書をやって欲しいのよ」

「秘書ですか」

ますます驚いた。

「森津さん、以前、大手保険会社の秘書課に勤めていらっしゃったんですってね。生徒さんから聞いたわ。それならスケジュール調整や、交渉事にも慣れてるでしょう。実は、ずっと秘書だった女性に急に辞められて困ってたの。募集をかけてもいいんだけれど、知らない人っていうのも何だか不安だし。あなたのことは教室でずっと見てて、まじめだし熱心だし、この人なら大丈夫って思ったの。どう、やってくれないかしら?」

突然の話で、英利子は面食らうばかりだ。

「もちろん、それなりにお給料は払うわ」

憧れの玲子の秘書をする。気持ちは動いたが、すぐに返事はできなかった。やはりひとりでは決められない。

「あの、夫と相談してもよろしいですか」

「もちろんよ。よくお話ししてね。ただ、返事は早くいただきたいの。あなたが駄目なら、次の人を探さなくちゃいけないから」

帰り道、電車に揺られながら、英利子は気持ちがどんどん高揚してゆくのを感じた。料理は習えなくなるかもしれないが、それ以上に、藤島玲子の秘書をやれるなんて、これはとても幸運なことではないかと思える。結婚して四年。望んで家庭に入ったものの、最近、狭い世界に閉じ込められているような息苦しさを感じる瞬間があった。玲子の秘書をやれば、新しい世界が広がってゆく。自宅とスーパーと料理教室という、単調な行動範囲からも飛び出せる。

「秘書？」

朔也が、夜食のそうめんの箸を止めた。

「そうなの、先生から頼まれて」

向かいの椅子に腰を下ろし、英利子は朔也の反応を窺った。

「何でまた」

「前の秘書の人が急に辞めたんですって。誰かが、私が独身時代に秘書をしていたことを話したらしいの、それで」

「ふうん」

気のない返事だ。

「駄目？」

英利子は上目遣いを向けた。

「やりたいのか？」

「できたらやってみたいって気持ちはあるけど」

朔也はいいとも悪いとも言わない。

「やっぱり駄目？」

「駄目ってことはないさ、ただ――」

朔也は言葉を濁らせた。ふと先月の大喧嘩が思い出された。同居の件は今も腹を立てているが、結局は子供が授からないことが根源にある。もちろん英利子だってそれはわかっている。ただ授かるか授からないかもわからないまま、毎日を慢然と過ごすことに一種の苛立《いらだ》ちも感じるようになっている。

朔也は箸を置いた。

「今の生活、つまらないか？」

「そんなことないけど」

「確かに、働いていた時の英利子の方がずっと生き生きしてたものな。正直言うと、結婚前に家庭に入りたいって言われた時は、ちょっとびっくりしたんだ」

「あの時は、仕事がものすごく忙しかったから、このまま結婚しても朔也に何もしてあげられないと思ったの」

「なるほどな」

「でも、結婚したら朔也は毎晩遅いでしょう。朝は七時に起きて七時半に家を出て、夜は十一時ごろ帰って来て十二時には寝ちゃう。平日はほとんど顔を合わせてないのよ。もちろん、わかってる、仕事なんだから仕方ないって。でも、何かしてあげたくてもそれじゃ何もできない。時々思うの、結婚前の方がよほど一緒にいられたなって」

「そうか」

「家にいても、何だか時間がもったいないような気がして」

「英利子はやっぱり、外で働く方が似合ってるのかもしれないな」

「主婦業だってちゃんとやるわ」

　やがて朔也はゆっくりと頷いた。

「やればいいさ」

「ほんと！」

英利子は思わずはしゃいだ声を上げた。

「人生は一度きりなんだから、自分の好きに生きるのがいちばんさ」

最後の言葉が少々気にかかったが、それよりも、秘書の仕事に就《つ》けることの方に、すっかり英利子の気持ちは向いていた。


翌日、玲子に引き受ける旨を伝えた。

「よかった。じゃあ急だけど明日からお願いするわ」

「わかりました。よろしくお願いします」

仕事は朝十時から夕方五時。けれども経験上、それがアテにならないことは想像がつく。勤めていた頃もいつもそうだった。打ち合わせや取材が夜にずれ込むこともあるだろう。時には接待ということもあるかもしれない。それでも、朔也の帰宅時間までには帰れるだろうし、土日はお休みとなる。

時給は千二百円。だいたい一か月で十五万円以上になる。遅くなる時は加算されるというから十八万円くらいになるかもしれない。会社勤めをしていた時の半分くらいだが、それに不満があるわけではなかった。生活的には朔也の収入があるのだから、金銭に対して躍起になる必要はない、ということが、とても気を楽にしてくれた。

家に帰って、早速クローゼットの中を点検した。結婚して四年、服は主婦らしいものばかりが増えている。やさしい色合いのニット、ソフトなジャケット、プリント柄のフレアースカート。とても仕事で着られる服じゃない。勤めていた頃のスーツもあるにはあるが、四年もたつとやはりラインが古臭くなっている。とりあえず、明日はそのパンツスーツを着ることにして、何着か新しいものを揃えよう。バッグも、A4サイズの書類やシステム手帳が入るトートをひとつ……そんなことを考えていると、わくわくしてきた。

翌日、朝六時に起きて、朝食の準備をし、洗濯と風呂の掃除を済ませた。いつもなら、朔也を送り出すだけで精一杯だったが、何のことはない、やろうと思えばできるものだ。

朔也を玄関先で見送りがてら、英利子は言った。

「じゃあ、今日からだから」

「うん、頑張れよ」

その言葉に、英利子は背を押されたような気がして、大きく頷いた。

英利子がするべき仕事については、昨日、玲子からだいたいの説明を受けている。十時に事務所に行って、まずは玲子にハーブティーを出す。それから今日一日のスケジュールを確認する。出掛けるならば車の手配。時として、ヘアメイクやスタイリストを頼むこともある。取材やインタビューなどの申し込みへの応対。それを受けるかどうか玲子に判断を仰ぎ、日程の調整をする。それらの仕事は、英利子が勤めていた頃と基本的に同じだ。

「今日は、十一時から事務所で女性誌のインタビューがあります。一時間の予定です。二時から四時まで教室。七時から青山のレストランのオープニングパーティが入っています。車を用意しますか？」

「そうね、そうしてちょうだい。自宅に回して」

玲子の自宅は、ここから十分ほどの距離にある南平台《なんぺいだい》のマンションだ。有名な高級住宅街であることは英利子も知っている。

「わかりました。では、六時半に手配しておきます」

玲子は顔を向け、ゆったりと笑った。

「さすがね。初日からてきぱきしてるわ」

英利子は思わず首をすくめた。

「本当はすごく緊張してるんです。仕事に戻るのは四年ぶりですから」

「あまり頑張り過ぎなくていいのよ。そんなのじゃ息切れしちゃうわよ」

「はい。ありがとうございます」

玲子の言葉に、英利子は少しだけ肩から力を抜いた。

それから二週間。

仕事のペースもどうにか摑《つか》めてきた。こうしていると、自分が四年間も家のことしかやっていなかったなんて嘘みたいだ。独身の頃からずっと勤めていたような気になってくる。

仕事は楽しかった。今はただ、玲子に言われることを忠実にこなしているだけだが、それでも何かしら自分が役に立っているという実感があった。同じ役に立つでも、家ではこうはいかない。朔也のために何かしても、いつも「主婦として当たり前のこと」になってしまう。それが嬉しかった時もあったのに、いつしかそんな感覚も日常の中で薄れていった。

秋物のスーツを一着買った。八万円は痛かったが、いつも同じ格好ばかりもしていられない。朔也には内緒だが、お給料がもらえたら、代わりに何かプレゼントしよう。

英利子が玲子の秘書になったことを知って、よく帰りにカフェに寄っていた主婦たちからは「森津さん、ご出世ね」と皮肉られた。義母にもあまり言いたくはなかったが、黙っているわけにもいかず報告すると「他にしなくちゃいけないことがあるんじゃないの」と嫌味を言われた。悦子は「よかったじゃない」と喜んでくれたが「英利子にできるの？」と疑っているような口ぶりに感じた。

何を言われてもいい。とにかく新しい仕事を始められたのだからそれで十分ではないか。

事務所に電話が入った。

大手広告代理店から、玲子へのアポイントメントの申し入れだった。ホテルのトークショーについての相談という。とりあえず返事は明日することにして、玲子に報告した。

「そうねえ、ここのところ忙しいから時間を取るのも大変だし……森津さんが相手の方と会ってくれないかしら。それで、そのイベントの詳しい内容を聞いておいてちょうだい。どうするかは、それを聞いてから考えるわ」

「わかりました」

忙しい玲子が、すべてに対応できないのは当然だ。代わりに話を聞くというのも秘書の仕事のひとつである。

翌日、電話を入れて、担当者と代官山近くのカフェで会うことになった。英利子が店に入ると、窓際の席に座っていた男が素早く立ち上がった。どうやら彼らしい。英利子は近づいた。男というより、青年という感じだ。英利子より五、六歳は下だろう。もっと年上の相手を想像していたので、何だか拍子抜けした。

「森津さんですか」

「はい、そうです」

「はじめまして。K広告社の石川と申します」

差し出された名刺には、石川友章と書いてあった。

9

もう後には退《ひ》けない。

それは決心と呼んでいいものだった。自分は今まで、いったいどんな決心をしてきただろう。

進学は、母親の勧めるままに私立の女子中学を受験し、エスカレーター式に大学まで進学した。胸の中にほんの少しの優越感を持ち、同時に、そんな自分を恥じ入るぐらいの屈折はあったが、いたってのんびりと学生時代を過ごしたように思う。大学は英米文学を専攻したが、それも将来こんな仕事に就きたい、という強い願望があったわけではなく、何となく英語ができたらいいな、という程度のものだ。就職活動を始めて、一般事務で募集しているいくつかの会社の試験を受け、受かった音響メーカーに就職した。

そのことも、ここでなければならない、などという意思とは無縁の、いわば成り行きのようなものだった。

今までの何度かの恋愛を振り返ってみた。やはり別れる時は悲しかったし、プライドを傷つけられたこともある。それでも、三か月か半年もすれば、次の恋愛にまた心を浮き立たせていた。両親に、大きな心配をかけたこともないはずだ。友達にアリバイ工作を頼んで、その頃付き合っていたボーイフレンドとこっそり旅行に出掛けたくらいのものだ。羽目をはずしても、あんばいはちゃんと心得ていて、人生を踏み外すようなこともなかった。

こうして改めて思い出してみても、今まで、こうでなくてはならないもの、選択の余地のないもの、自分のすべてを懸けていいもの、などというものに巡り合ったことなどなかったように思う。

でも、朔也は違う。朔也は、今までの人生を一変させてしまうほどの存在だ。どうしても朔也でなくてはならない。朔也以外の男など選べるはずもない。朔也になら自分のすべてを懸けられる。

確かに朔也には奥さんがいる。申し訳ないという気持ちもある。けれど、人は心から愛し合う相手と結婚するのがいちばん正しい生き方のはずだ。奥さんだって、他の女に心を移した夫と暮らすのは不幸だろう。他人にしたら、よその夫を奪うひどい女と映るかもしれないが、そうじゃない。朔也と私の出会うタイミングが少しずれていただけだ。結婚してから、本当に愛する人と出会うことだってあるはずだ。

朔也を愛している。だから結婚したい。そう望むことに、今はもう何の迷いもない。何より、朔也もそうしたいと望んでいるのだから、これはもう運命としか思えない。今まで、こんな強い気持ちにかられたことがあっただろうか。これからだって、これほどまでの激しさを自分に感じることはないと思える。だからこそ、美月は決心する。

もう、決して後には退けないと。

「もうすぐマリさんの結婚式ね」

日曜の夜、食卓で母から言われ、美月は居心地が悪くなった。その後に続く言葉が容易に想像がつくからだ。

「席順をどうするとか、スピーチの順番とか、大変みたいよ」

はぐらかすように、美月は明るく言った。テーブルには、母の得意のロールキャベツが並んでいる。父はテレビのサッカー中継に見入っている。弟の浩《ひろし》は今夜も出掛けている。やれクラブの合宿だ、ミーティングだ、アルバイトだと、最近の浩はまともに食卓についたことがない。

「美月はどうなの」

ほら、来た。と、美月は肩をすくめてロールキャベツに箸を伸ばした。

「うーん、私はまだまだ」

「そんなこと言ってるうちに、気がついたら三十になってるの」

「浩、今日も遅いね」

「話を逸らさないの」

母は呆れ顔をしたが「先輩との飲み会ですって。就職活動もろくにせずに遊んでばっかりなんだから」と呟き、それでとりあえず話は収まった。

以前の美月なら、もっと露骨に反発したはずだ。「関係ないじゃない」「私のことは放っておいて」とぴしゃりと言って、さっさと自分の部屋に引っ込んでしまっただろう。けれど朔也と付き合うようになってから、両親に対して後ろめたい気持ちが拭えない。それでつい、聞き分けのいい娘を演じてしまう。両親は、まさか娘が結婚している男と愛し合っているなんて想像もしていないだろう。それだけでなく、その男と週に一度はラブホテルに行き、口に出すなんてとてもできないような恥ずかしいことをいっぱいしている。もうオーガズムも知っている。

「やった！」

父が声を上げた。贔屓《ひいき》のチームが得点をしたようだ。

両親に早く朔也を紹介できるようになりたい。父と一緒にビールを飲みながらサッカーを観戦して欲しい。母の料理をうまいうまいと平らげて欲しい。堂々と、ふたり並んで食卓につきたい。そのためにも、朔也に早く行動に移してもらわなければならない。

だからといって、あまり急かすようなことを言ってはいけないことぐらいわかっている。

いつものカウンター・バーで、美月は朔也に寄り添いながらカクテルを飲んでいる。さっきから話題になっているのは、朔也の学生時代の話だ。ワンゲル部に所属していた朔也は、日本のあちらこちらの山々を登っていたという。

「気がついたら、目の前に熊がいたんだ。霧の中だったからぜんぜんわからなくて」

「それで、どうしたの？」

「わーって、でっかい声で叫んだよ。そしたら慌てて逃げて行った。熊って、出会い頭がいちばん危ないんだ。ものすごい爪《つめ》を、顔をめがけて振り下ろすから」

「こわーい」

美月はちょっと大げさに肩をすくめてみせる。

「人生の中で、あんなにびびったことはなかったなぁ」

朔也の思い出話を聞くのが美月は大好きだ。美月の知らない時間を朔也はどんなふうに過ごしたのか、それを知るということが、ふたりの関係をより深いところで結びつかせるように思う。

それからも、朔也の話に美月は驚き、頷き、よく笑った。やがて、朔也が少し酔った目を細めた。

「やっぱり笑ってる美月がいちばんいい」

「そう？」

「ここのところ、会ってもちょっと憂鬱《ゆううつ》そうだったろう」

それは朔也のせい。朔也がなかなか行動を起こしてくれないから。早く奥さんと離婚してくれたら、もっともっと笑顔でいられる。でも、もちろんそんなことは言えない。いくら愛してくれていても、要求されたりせっつかれたりしたら、気持ちも薄れてしまうだろう。今が大切な時だということは美月も自覚している。朔也と結婚するためにも慎重さは欠かせない。

だからと言って、何も思っていないなどと誤解されても困る。朔也と付き合うようになってからわかったことだが、男というのは言葉をそのまま受け取る習性がある。その裏側に隠されたものを感じ取る能力が、女ほど敏感ではない。だからこそ、これぐらいは言いたい。

「だって、不安がなくなったから」

「え？」

「もう何も迷わなくていいんだってわかったから」

朔也はグラスを手にした。いつものスコッチの水割りだ。

「そうか」

「でも、笑いジワが増えたら困っちゃうけど」

「こんな時に言うのも何だけど……」

「え？」

「彼女、仕事を始めたんだ」

朔也はいつも自分の奥さんのことを「彼女」と呼ぶ。

「それって……」

「いや、まだ具体的な話をしたわけじゃない。でも、やっぱり流れはそっちに向かっているんだなって思ったよ」

まだ何も話していない……でも、今はそれを咎《とが》めるのはやめよう。

「奥さん、何か感じたってこと？」

「そうかもしれない」

「一歩前進したってことなのね。これで願いに近づいたのね」

朔也は腕を美月の肩に回し、ぐいと引き寄せた。言葉はない。けれど美月には朔也の言いたいことがわかる。

そうだよ、僕たちは結ばれるんだ。

朔也は確かにそう言っているはずだ。

今日はいよいよマリの結婚式だ。

秋空が澄み渡り、マリも今頃、空を眺めてほっとしていることだろう。

美月は朝から美容院に出掛け、髪をルーズな感じでアップにしてきた。ドレスはこの日のためにブティックを何軒も回って決めたミントグリーンのキャミソールドレス。肩にストールを巻くのも悪くはないが、ちょっと平凡になると思い、ボレロ風のジャケットを羽織ることにした。襟元《えりもと》には凝ったデザインのパールを、短いのや長いのを取り混ぜ幾重にも巻く。小ぶりのビーズのバッグに、ドレスと同じ色のピンヒール。化粧も、アイシャドーにラメを使って、思い切ってつけ睫毛《まつげ》もした。久しぶりにとことんお洒落をすると、気持ちも華やいだ。

式とパーティは、新宿にある旧伯爵邸で行われる。父に車で送ってもらい、会場前に到着した。さすがに佇まいといい雰囲気といい、由緒正しさを感じるお屋敷だ。受付で記帳を済ませて中に入った。

そこは大広間ではなく、いくつかの部屋に分かれていて、自由に動けるようになっている。形式としては立食パーティだ。そこここに重厚なソファや、暖炉や、グランドピアノがあり、思わず眺め入ってしまう。マリから聞いたところによると、ここでは一日一組しかパーティは行われないという。

「予約を取るの、大変だったんだから。でも、絶対にここでしたかったの」

と、力説していたのも頷ける。

「あ、美月！」

部屋の奥から手を上げる何人かの姿があった。学生時代の友人たちだ。

「久しぶり、元気にしてた？」

「うん、元気元気」

「美月、そのドレス、すっごい素敵」

「ちょっと無理しちゃった」

まるで学生に戻ったみたいに、友人たちとしばらくはしゃいだ声を上げ合った。

「マリは？」

「今、隣の部屋で結婚式をしてる。親族だけの列席だっていうから、私たちは遠慮してるの。でも、もう終わるから出てくるんじゃない」

その言葉と同時に、奥の部屋の扉が開き、マリとその夫になる男性が現れた。一斉に拍手が沸き起こった。マリは、以前に写真で見せてもらったものとは違う、ベアトップの、裾《すそ》の長いドレスを着ていた。マリはすぐに美月たちに気がついて、ブーケを持った手を小さく振った。

きれい……。

美月は思わずため息をついた。ドレスだけじゃない、マリは輝いていた。幸福というオーラが全身からまばゆいほどに発せられていた。

ああ、私も結婚したい。美月は胸の底から湧《わ》き上がる強烈な思いに包まれていた。何がなんでも結婚したい。美しいウエディングドレスを身にまとい、家族や友人に祝福され、私もマリのような輝く笑顔を浮かべたい。幸せになりたい。

「みなさま、新郎新婦が会場を回ります。どうぞ、祝福の声を掛けてあげてください」

司会者の声に、マリたちはゆっくりと会場を回り始めた。

そしてその後ろから親族たちが現れた。ふと、その中の礼服に身を包んだひとりの男に目を奪われ、美月は思わず声を上げそうになった。

どうして……。

声にならない言葉が喉《のど》の奥で繰り返された。

どうして朔也がここにいるの……。

10

着慣れない和服を着たせいで、英利子は窮屈さに何度も襟元や胸元に手をやった。

義母から色留袖を着るように言われて、仕方なく貸衣装を調達してきたが、新婦の友人たちの華やかなドレス姿を見ていると、自分がいかにもミセスという立場に追いやられたような気がして、ちょっとばかり寂しくなる。それから、そんな自分に苦笑した。独身の頃、英利子も何度か友人の結婚式に招待されたことがある。その時は、張り切ってドレスを新調したものだが、あの時はむしろ、留袖や訪問着を着ている既婚の女性たちの方が、しっとりと落ち着いて見えて羨ましかった。

勝手なものだな、と思う。独身の頃はあんなに結婚したかったのに、結婚してみると、独身の頃を懐かしく思っている。人はいつだって、ないものねだりの生き物らしい。

隣に立つ朔也は、少し緊張している。実はスピーチを頼まれていて、三日ほど前から、「何を話そうか」と、頭を悩ませていた。手の中にメモをぎゅっと握り締めている姿がどこか可笑《おか》しい。

「ワインでも持って来る？」

英利子が言うと「うん」と、朔也は子供のように頷いた。

結婚してわかったことだが、男というのは、年齢とは関係なしに子供っぽさが抜け切らないところがある。外に対して、大人の顔をしなければならない分、身内には気を許してしまうのかもしれない。それは女が持つ少女っぽさとはちょっと違っている。少女は小さい女だが、男の子供っぽさは息子に近い。妻が母親の役割もしなくてはならない時もある。

バーカウンターで白ワインのグラスを手にして戻って来ると、朔也が女の子と立ち話をしていた。英利子は朔也の隣に立った。

「どちらさま?」

尋ねると、朔也はうろたえたように言葉を詰まらせた。

「えっと、彼女は……」

その女性が頭を下げた。

「はじめまして。森津さんと同じ会社で働いている矢野と言います。ここで偶然、お会いしてびっくりしてたところです。私、新婦の友達なんです」

彼女は愛らしい笑みを浮かべた。二十五、六歳といったところだろうか。どこかで会ったように思えたが、気のせいかもしれない。ジャケットを手に持っていて、キャミソールドレスから見える華奢《きやしや》な肩と、きめ細やかな肌が眩《まぶ》しい。英利子もまた微笑《ほほえ》んで挨拶を返した。

「森津の家内です」

「森津さんにはいつもお世話になっています」

「こちらこそいろいろとご面倒をかけているんじゃないですか」

「いいえ、そんなこと」

矢野という女性は小さく首を振り、それから英利子にまっすぐな視線を向けた。何か言いたげな、それでいて言葉を失っているような、どこか陰りも帯びた眼差《まなざ》しに、英利子はふと居心地の悪さを感じた。

「ワイン、もう一杯頼む」

朔也がワインを飲み干し、空になったグラスを差し出した。その言葉には、どこか強引なニュアンスが含まれていて、英利子は朔也を見上げた。

「ええ……矢野さんも飲まれる？」

「いいえ、結構です」

英利子は再び、バーカウンターに向かった。朔也の命令口調の言い方がちょっと癪に障っていた。会社の女の子の手前、少し格好をつけたかったのかもしれない。

ワインを持って戻ると、ふたりの姿は消えていた。辺りを見回してみたが、会場は招待客でごった返している。

朔也が戻って来たのは五分ほどたってからだった。

「やだ、どこ行ってたの？」

「ちょっと、トイレ」

「さっきの彼女は？」

「さあ……友達のところにでも行ったんじゃないか」

「ワイン、私が飲んじゃったわよ」

「いいよ」

「どうしたの？」

英利子は朔也の顔を見直した。

「何が？」

「何だかちょっと怖い顔してる」

朔也は二、三度瞬《まばた》きして、表情を緩めた。

「いや、もうすぐスピーチしなくちゃいけないからさ」

「ふふ、上がり性だものね、朔也は」

その時、司会者がマイクで朔也の名を呼んだ。

「ではここで、新郎の従兄弟にあたる森津朔也さんに、スピーチをお願いしたいと思います。森津さん、どうぞ、こちらへ」

拍手が起こり、朔也は小さく咳払《せきばら》いをして、スタンドマイクに向かって歩き出した。

二日後、英利子は打ち合わせのために、石川友章と代官山の喫茶店で顔を合わせた。

「藤島先生のご意向はいかがですか？　うちとしては是非とも先生のご協力をいただきたいと思っているんです。このイベントは、藤島先生抜きでは成り立ちません」

ホテルのトークショーである。藤島玲子のオリジナルレシピで作られたスウィーツとお茶がセットで催される。

「その前に、何点か確認させていただきたいことがあります」

英利子は背筋を伸ばした。

「何でもおっしゃってください」

友章が神妙な顔つきで頷く。

「藤島のスウィーツのレシピを、ホテルのパティシエの方が作られるということですね」

「そうです」

「その材料ですが、すべて藤島の指定のものを取り寄せていただきたいのです」

「指定ですか……」

友章はいくらか戸惑った顔をした。

「藤島は材料を厳選しています」

「そうですか。わかりました、そうさせていただきます」

「それからギャランティの件ですが」

「ご不満ですか?」

「いえ、そんなことはないんです。ただ、人前に立つとなるとヘアメイクはどうしても必要になります。その分と、送迎の車の手配をお願いしたいんです」

「ああ、そうですね。気がつきませんでした。それも承知しました」

「よかった。その条件を呑んでくださるのなら、ぜひとも、やらせていただきます」

友章がようやく表情を明るくした。

「ありがとうございます。いやぁ、助かりました。これは僕の企画なので、正直言って、断られたらどうしようかと思ってました。上司に叱《しか》られるところでした」

友章はまだ若いが、仕事はなかなかできそうだ。ソフトな対応と人懐っこい笑顔が、相手に好感を与える。本人もそれを知っているのだろう。英利子にとっても、玲子の秘書となって初めての大きな仕事である。とりあえずは、うまくまとまってほっとした。

「あ、コーヒー冷めちゃいましたね、代わりをもらいましょう」

友章がウエイターを呼び、コーヒーを新しいものと取り替えるよう頼んだ。そういう気遣いもなかなか心憎い。

「ちょっと意外でした」

運ばれてきた温かいコーヒーを口にして、友章が言った。

「何がですか?」

「先生の新しい秘書の方は、専業主婦の人がアルバイトでやっているって聞いたんで、こっちのペースで進められるかなって思ってたんです」それから、慌てて付け加えた。

「あ、決して森津さんを甘く見ていたわけじゃないんですよ」

ふふ、と、英利子は小さく笑った。

「確かに私は専業主婦ですけど、四年前までは保険会社の秘書課にいたんです。七年間、みっちり秘書のノウハウを叩《たた》き込まれましたから」

「やっぱりなぁ」友章が参ったなという表情で肩をすくめた。

「だったら肚《はら》を据えてお付き合いしなくちゃ。これからもよろしくお願いします。藤島先生には、イベント出演から、広告へのご協力、レシピ本やエッセイの執筆と、力をお貸しいただきたいことがいろいろあるんです」

「こちらこそ、よろしくお願いします」

四年間、仕事から離れていた不安は、いつしかすっかり消えていた。

週末、久しぶりに朔也と食卓を共にした。

英利子は張り切って料理を作った。クリームソースをからませたニョッキ、イベリコ豚のグリル、サラミとチーズを加えたグリーンサラダ、そしてワイン。

「どうしたの？」

朔也が驚いたように食卓についた。

「ここのところ簡単に済ませてたから、今日は凝ってみたかったの。それとね、ひとつ仕事がうまくいって、このワイン、先生からいただいちゃった」

「ふうん」

「ワイン、開けてくれる？　グラスを用意するね」

いつもの安物のグラスではなく、英利子はとっておきのバカラを食器棚から取り出した。

「張り切っているんだな」

朔也が英利子のグラスにワインを注ぐ。

「うん、まあ、ちょっとね」

あまり楽しんでいると思われるのも気が引ける。男には、女に計り知れない自尊心がある。夫の成功を喜ぶ妻の思いを、そのまま逆に当てはめることはできない。

「前よりずっと明るくなった」

「私、暗かった？」

「そうじゃないけど、上の階の人が真夜中に洗濯して眠れないとか、ゴミだしのルールを守らない人がいるとか、そういうこと、最近ぜんぜん言わなくなっただろ」

「ああ、そうかもね」

確かにそういうところがあった。そんなことぐらい気に留めずにいればいい、とわかっていながら、ついカリカリしてしまっていた。

「なあ、英利子」

「なに？」

「僕と結婚してよかったか？」

唐突な質問に、英利子は思わず瞬きした。

「どうしたの、急に」

「いや、何でもないんだけどさ」

「もちろん、よかったに決まってるじゃない。朔也はどうなの？」

「僕だってそうさ」

「何かあった？」

義母から何か言われたのだろうか。英利子がアルバイトを始めたことを快く思っていないことは知っている。

「いいや」

「ねえ、もうすぐ結婚記念日ね」

「ああ、そうだっけ」

「この間、雑誌で見たんだけど、四年目は花婚式っていうんですって。そろそろ花開く頃ってことらしい」

「ふうん」

それから、ニョッキを口に運び、「うまいよ、これ」と褒め言葉を続けた。

その夜、久しぶりにセックスをした。結婚前の、情熱的なセックスとは違うけれど、自分にとっても朔也にとっても、それは恋から愛へと変わった穏やかで心安らぐ営みになったように思う。かつてのセックスを懐かしむ気持ちもないわけではないが、今が不満というわけでもない。

「子供、作ろうか」

ふと、耳元で朔也が呟いた。

「え……」

子供を作る。それは、英利子に課せられたひとつの宿題のようなものだ。

「どうしたの、急に」

今まで、妊娠したいと望んでいて、排卵日に「早く帰って来てね」と言っても、朔也はあまり積極的とはいえなかったはずである。

「子供がいれば、責任の持ち方が違うようになるんじゃないかな、なんてね」

「そうかもしれないけど」

と言いつつ、英利子の頭の隅に「今はまずい」という思いがよぎった。

「欲しくないのか？」

「そうじゃないけど、ほら、仕事を始めたばかりだから」

口にはできないが、義父母との同居の件もある。

「欲しいことは欲しいの。ずっと待ち望んでいたんだもの。でも、やっぱりタイミングってものがあるから」

朔也は短く息を吐き出した。

「そうだよな、確かにタイミングがあるよな」

そう言うと、朔也はゆっくり身体を離した。

11

「奥さんとすごく仲がいいのね」

そのセリフを、美月は努めて冷静に言ったつもりである。

「仕方ないだろう、ああいう場なんだから」

朔也は困惑した表情で、ウイスキーのグラスを口にする。

いつものカウンター・バーで、ふたりは飲んでいる。

「奥さん、きれいな人」

「普通だよ」

「着物もとても似合ってた」

「まさか、僕の従兄弟の結婚相手が美月の友達だったなんて」

美月はひとり傷ついている。あんなところで会わなければ朔也たちの仲のいいところを見ずに済んだはずである。考え過ぎてはいけないとわかっている。わかっていても、あれから美月は自分の中に湧き上がるさまざまな感情と闘い続けている。

裏切られたような思いと、嫉妬と、悔しさ。朔也は私と結婚すると言ってくれているが、離婚なんてできないのではないかという焦り。奥さんの前を逃げるように離れなければならなかったみじめさ。屈辱といたたまれなさ。自分たちは特別だと信じてきたけれど、もしかしたら世の中のありきたりの不倫と同じではないのかという不安……。そんな思いが胸の中でぶつかり合い、絡まり合って、美月を追い詰める。

「私がどんな気持ちでいたか、わかる？」

朔也が目を伏せる。

「ああ」

責めてはいけない。

「すごく、すごく、辛かったのよ」

追い詰めるのは得策ではない。

「ごめん」

それなのに、すべてを呑み込んでしまえるほど、聞き分けのいい子にもなれない。

「私、もうあんな思いはしたくない」

「うん」

「あんな思い、もうさせないで」

「ああ」

「約束して」

「約束する」

でも、本当に朔也はわかっているのか、美月は不安になる。

今、私は早く奥さんと離婚して、私と結婚してって言ったのよ。

そのことが、ちゃんと通じているのだろうか。

当然だが、気まずい沈黙がふたりを覆った。朔也がウエイターに水割りを注文するため片手を上げる。美月は一杯目のカクテルも喉を通らず、まだ半分以上が残っている。

「もう、飲まないの?」

「いらない」

「何か食べる? チョコレートでももらおうか?」

「ううん、それもいい」

もしかしたら、自分は朔也を甘やかし過ぎてしまったのかもしれない。

好きだから、愛しているから、朔也をなるべく追い詰めないよう、心を砕いてきたつもりである。優しくて思いやりのある女、そういう存在であることが、朔也の気持ちを捕えて離さない魅力になるのだと信じていた。でも、果たしてそれは正しかったのだろうか。朔也はこう思っているのではないだろうか。

だって、美月は僕に惚《ほ》れているんだから。

それは間違いではない。私は朔也を愛している。この世の中の誰よりも、朔也を必要としている。でも、百パーセント自分に心を委《ゆだ》ねている女に対して、男は見縊《みくび》りを持つことだってあるはずだ。待っている女に、後ろめたさで胸を痛めているうちはいい。でもいつか、待たせておけばいいと思われる女になってしまったら……。そんなことにならないためには、どうしたらいいのだろう。どんな方法を取れば、早く朔也との結婚を成就させることができるのだろう。

それから、美月はふと、胸がつかえた。

私は計算高いのだろうか。結婚するため、駆け引きを巡らす狡《ずる》い女だろうか。愛さえあればそれでいい、そう思った瞬間もあったのに。

「寄って行くだろ」

不意に、朔也が耳元で囁《ささや》いた。それが何を意味しているか、当然わかっている。今まで、何度か喧嘩したことがある。でも大抵は、ホテルに行って、裸になって抱き合えば、そんなことなどなかったように満ち足りた気分になった。自分たちにとって、セックスはどんな傷にも効く特効薬のようなものだ。それがわかっていて、朔也はホテルに誘っている。今のこの面倒な状態を、ベッドの上で解決しようとしている。

――だったら、朔也だって狡い。

「帰る」

美月は言った。そんな朔也に対して反発心があった。それでいて、本当はホテルでいやらしいことをいっぱいしたいとも思っていた。セックスで何もかも解決できるなら、いっそそうしてしまいたい。

「もう？」

朔也がいかにも残念そうな顔をした。

「今夜は帰りたいの」

「そうか。じゃあ、駅まで送ろう」

朔也が会計を済ませ、席を立つ。

自分で断っておいて、美月はどこかで腹を立てていた。私の言うことなんか無視して、強引にホテルに連れ込んでくれたらいいのに。そうして、いやいや、と首を振る私の唇を塞《ふさ》いで、服を脱がして、その指でその舌で、そしてあの熱くて硬いペニスで、あのすべてがどうでもよくなってしまう一瞬に追い込んでくれたらいいのに。そうしたら、私はきっとこう言う。

困らせてごめんなさい。私は、朔也がそばにいてくれたらそれだけでいいの。

マリが、新婚旅行から帰って来て、携帯に連絡をくれた。

「お土産《みやげ》も渡したいし、今度、うちに遊びに来てよ」

新婚家庭を覗いてみたい気持ちはあるが、マリの結婚相手が、朔也の従兄弟とわかってしまった以上、やはり行きづらい。こんな意地悪な偶然があるなんて、世の中は何て皮肉にできているのだろう。もちろん、マリには何も言っていない。

「楽しかった？　ハワイ」

マリは結婚式の直前まで「やっぱりタヒチにすればよかった」と愚痴っていた。

「まああかな。シーズンだから、どこも新婚カップルばっかりでしょ。自分たちもそうなんだけど、ちょっと恥ずかしかった」

もしかしたら、美月を気遣って、わざとそんな言い方をしているのかもしれない。

「お土産はロエベのポーチ。すごく素敵なの見つけたの。私とお揃い」

「無理したんじゃない？」

「まあ、ちょっとね」

あの時、マリに言われた言葉をよく覚えている。

女は、負けの恋愛をしちゃいけないと思う。

その通りだと思う。このままでは、我慢だけで時間が過ぎ去ってしまう。だからこそ、強い決心をして、朔也に正直に自分の気持ちを打ち明けた。その結果、朔也からは確かな言葉をもらったはずである。なのに、どういうわけか、まだ負けの恋愛が続いている。

「いつがいい？」

マリの声は弾んでいる。

「そうね、近いうちに電話する」

「待ってるから」

仕事を終えて外に出ると、携帯電話が鳴り出した。表示を見ると、石川友章と出ていた。

「はい」

「あ、僕」

友章の快活な声が聞こえてきた。

「今から時間ない？」

「フランス語教室があるの」

美月は素っ気なく答えた。

「そんなの、休んじゃえよ」

友章の強引さは、どういうわけか笑いを誘う。たぶん、彼の持っている独特の気性の明るさなのだろう。

「あのね、デートに誘う時は、少なくとも前の日に連絡をくれなくちゃ」

「どうして」

「いろいろ準備があるでしょう」

今日は何も予定がないつもりでいたので、着ている服も手を抜いていた。

「準備って、つまり、レースとかフリルのついた勝負下着を着てくるとか、そういうこと？」

「バカね」

美月は思わず吹き出した。

「メールしても、いつも〈また今度〉だったろう」

「たまたま都合がつかなかったの」

「だから、奇襲作戦に出たんだ。うまいワインとタンシチューを出す店を見つけた。七時に表参道《おもてさんどう》、大丈夫だよね」

「だから、今日はフランス語の……」

「いいから。じゃあ待ち合わせは表参道の交差点近くにあるカフェね」

友章は店の説明をして、さっさと電話を切った。

美月は携帯電話をぱちんと閉じ、ひとつ息を吐き出した。いいじゃない、それくらい。と、思っている自分がいる。フランス語教室なんて単なる暇つぶしで、本当に行きたいわけじゃない。

ここのところ、友章から何度か誘いを受けても断っていたのは、やはり朔也に対して後ろめたい気持ちがあったからだ。朔也という大切な恋人がいるのに、他の男とデートするなんて、と思っていた。でも、朔也は妻と堂々と日常を過ごしているではないか。美月とは人目につかないカウンター・バーでも、妻とは大っぴらに披露宴に出席し、肩を並べて挨拶しているではないか。我慢はみんな美月に押し付けられる。もう、そんなのは、いやだ。

友章とのデートは楽しい。

会話も面白いが、心底リラックスできる。こんなふうに笑っているけど、この人は家に帰ったら奥さんと……なんて考えなくていいのは、何と心穏やかに過ごせるのだろう。

思っていることを言葉にする時も、つい、これは言ってはいけないのでは、と回路をひとつ余計に巡らせてしまう癖がついていた。でも友章には違う。何でも言えるし、何でも聞ける。世の中の恋人同士というのは、きっとこんなふうに、思っていることをそのまま口にし合っているものなのだ。

調子に乗って、ふたりでボトルを二本もあけてしまい、美月はかなり酔っていた。表参道の遊歩道は、カップルたちで溢れている。誰もがみな、ぴたりと寄り添い、晩秋の風に揺られている。美月の手に、不意に、友章の指が絡まった。驚いて顔を向けると、友章が顔をくしゃりとさせた。

「ほら、こういうロケーションだから、やっぱりこうでなくちゃ格好がつかないだろ」

友章の手はふっくらと柔らかい。指が長く、少し骨ばった朔也の手とは対照的だった。そのあまりに違う感触は、不思議なことに、美月をむしろ心弾ませていた。

私は今、朔也じゃない人と手をつないでいる。私にだって、そういうことができるんだ。

「びっくりするかもしれないけど」

言いながら、友章が夜空を見上げた。残念ながら、星はまばらにしか見えない。

「僕、かなり君に気がある」

「え……」

「君はどう？」

突然のことで、美月はどう答えていいかわからない。

「嫌いじゃないよね。嫌いだったらこうして誘いに乗ってくれないだろう」

確かにそうかもしれない。

「つまり、まだ僕のことがよくわからない、だから何とも答えようがないってところだと思うんだ」

美月は困っていた。でも、悪い気分ではなかった。男から、気持ちを告げられるなんて久しぶりだ。それも相手は二十七歳の独身だ。

「キスするよ」と、言った時にはもう、友章の唇が美月を素早く覆っていた。顔を離すと、夜の風のせいで、唇を濡《ぬ》らす唾液《だえき》が冷たくなった。

「これから、もっとお互いを知ろう」

美月は瞬きして、友章を見つめ返した。

「今度、旅行に行かないか。軽井沢なんかいいよな。こんなコセコセした都会を離れて、のんびり自然を満喫しよう。僕は行きたい。君となら、きっとすごく楽しいはずだ」

驚くというより、ただぼんやりと、美月は事の成り行きと、友章を眺めていた。

12

昨夜、悦子から掛かってきた電話のことを、キッチンに立ちながら、英利子はぼんやり思い返していた。

「ほら、英利子と同じ頃に結婚退社した森田《もりた》さん、覚えてる?」

悦子は興奮気味に言った。

「もちろん」

同期入社で、互いの結婚の時期が近かったせいもあり、家具や食器選びの情報を、あの頃よく彼女と交換したものだ。

「今日ね、デパートでたまたま会ったの。そしたら何と、離婚したんだって」

「嘘!」

英利子は思わず声を上げた。

「もう、聞いてびっくり。だって大恋愛の末の結婚だったじゃない。『世の中に彼以上の男がいるわけない』なんて言って、みんなを呆れさせてたわよね」

その発言は英利子も覚えている。とにかく、それくらいベタ惚れだったはずである。

「で、離婚の理由は何なの」

きっと、ものすごい事情があったに違いない。浮気？　借金？　賭け事？　嫁姑の確執？

「それがね、結局自分は日常に負けたんだって、彼女は言うのよ」

英利子は思わず尋ね返した。

「それ、どういう意味？」

「つまり、結婚前は彼のために料理を作ったり、掃除したり洗濯したりすることが、彼女にとってスペシャルだったわけよ。こんなふうに一生暮らせたらどんなに幸せだろうって思ったわけね。でも、結婚したら毎日のことじゃない。スペシャルだったはずのことが、みんな日常にすりかわって、今日も明日もあさっても、ずっとこれが続くのかと思うと、何だかもう何もかもがいやになってしまったって」

「へえ……」

「正直言って、呆れちゃった。そんなの、当たり前じゃない。結婚ってそういうことでしょう。そんなこともわからず結婚したなんてどうかしてる」

ほんとにそうよね。と、英利子は答えたはずである。結婚は、日常を積み重ねてゆくことだ。繰り返しでありきたりの生活に、それなりの価値を見出《みいだ》してゆくことだ。それが結婚というものだ。

「行くよ」

朔也の声に、英利子は我に返った。振り向くと、もう朔也はこちらに背を向けて、玄関に向かってゆく。慌ててタオルで手を拭《ふ》き、見送ろうと玄関に向かった頃には、もうドアの向こうに消えていた。朔也は最近、よくこんな調子で出掛けて行く。何だか、英利子と顔を合わせるのを避けているようにさえ感じる。

「行ってらっしゃい」

見えなくなった姿に声を掛けてから、英利子はふと、最後に見送りのキスをしたのはいつだろうと、考えた。

結婚して三か月？　それとも半年？　いや一年ぐらいは……もう思い出せない。

朝は慌ただしいし、仕事で疲れている朔也の寝起きもあまりいいとはいえず、不機嫌な様子でいることも多い。英利子が仕事を始めるようになってからは、朝のうちに洗濯をしてお風呂の掃除もして、と、やらなければならないことが集中して、ネクタイ選びや靴を磨いて出しておく、という以前していたことにも手が回らなくなってしまった。

結婚したての頃、朔也が会社に行ってしまうのが悲しかった。夜まで会えない。もしその間に事故にでもあったらどうしよう。そんなことばかり考えて、毎晩、帰って来るのが待ち遠しかった。それなのに今は、たまに朔也が早い時間に帰って来ると「あら、もう」と、呟いている自分がいる。

朔也が脱ぎ捨てたスリッパを揃え、英利子はトイレに入った。便座が上がっているのを見て、思わず「いやだ」と眉《まゆ》を顰《ひそ》めた。

　ああ、これもだ。結婚当初はこういうのを見るたびに、朔也と結婚したんだ、という幸福な実感に繋がったものだった。悦子には言わなかったが、森田の離婚の理由が、英利子は何となくわかるような気がした。

　日常。

　結婚は、確かに日常との戦いだ。日々、繰り返される単調で、好意ではなく義務として課せられる妻としての役割。正直なところ、英利子だって思う時がある。

　こんなことが永遠に続いてゆくの？


　今日、藤島玲子のイベントが行われた。

　定員百五十名のチケットはすでに完売しており、予想を上回る大盛況となった。観客には先生の料理教室に通っている生徒たちの顔も多数見えた。その中に、よく代官山のカフェでお喋りをした主婦たちもいて「あら森津さん、すっかり秘書ぶりが板についちゃって」と、またもや皮肉を込めてからかわれたりした。無難な笑顔で応《こた》えておいたが、今は、自分がそちら側にいたなんて不思議な気がしてしまう。結婚して専業主婦になり、憧れの料理教室に通うのが夢だったはずなのに、こうなってみると、自分は働くことが結構好きだったんだと、今更ながら驚いてしまう。

夕方、無事にイベントは終了し、これから代理店の石川友章との打ち上げの食事会に出て、その後、玲子を自宅に送れば英利子の仕事は終わる。

「悪いけど、あとはフリーにしてもらえないかしら」

控え室で、鏡に向かって化粧直しをしながら玲子が言った。

「あの、石川さんとの食事会が……」

「それはあなたにお任せするわ。彼には適当に言い訳しておいて」

玲子は鏡の中でゆったりと笑みを浮かべ、それから、付け加えた。

「でも、家には打ち上げがあるって言ってあるから、そこはうまく合わせておいてね」

「あ、はい……」

頷いたものの、英利子は戸惑っていた。それはどういう意味だろう。

「じゃあ、お疲れさま。見送りは結構よ、ここでいいから」

玲子はバッグを手にし、控え室を出て行った。

「お疲れさまでした」

怪訝な気持ちで玲子を見送った後、ざっと控え室の後片付けをして、フロントに向かうと、石川友章が待っていた。

「今日はありがとうございました」

友章が礼儀正しく頭を下げた。

「こちらこそ、いろいろお世話になりました。あの、申し訳ありません。実は藤島に急用が入りまして、食事会に出られなくなってしまったんです」

「承知してます」

友章が予測していたように頷いたので、拍子抜けした。

「でも、森津さんは大丈夫なんでしょう」

「ええ、それはまあ」

「じゃあ、一緒に食事に行きましょう」

玲子からもそうするように言われているとはいえ、ひとりで出掛けるのはちょっと気後れがする。

「でも、私は」

「いい店を予約してあるんです。どうせ会社の経費だし、キャンセルするのはもったいない。僕もめったに行けないような店なんです。ぜひ付き合ってください」

そう言われると、断れなくなった。友章はどこか人の気持ちを和ませる不思議な雰囲気を持っている。

「じゃあ、お言葉に甘えて」

英利子は頷いた。

友章に案内された店は、外苑前にあるこぢんまりした、品のいい、凝った料理を出す和食の店だった。器に美しく盛られた魚や野菜は、舌ばかりでなく、目にもおいしい。

「さっき、承知してるっておっしゃったでしょう」

英利子は友章が薦めてくれた冷酒を飲んでいる。

「え、何のことですか?」

「ほら、藤島がこの食事会をキャンセルしたこと」

「ああ」

「どうしてかしら」

「森津さん、知らないんですか?」

友章は意外な顔をした。

「え?」

「秘書という立場なら、知ってるとばかり思ってました」

「私、まだ日が浅いから……何かあるんですか?」

「うーん、まあ」と、友章は少し言葉を濁したものの「でも、いずれわかることだと思うんで言っちゃいますね」と、わずかに声を潜めた。

「藤島先生、恋人がいるんですよ」

英利子は思わず切子《きりこ》のお猪口《ちょこ》を持つ手を止めた。玲子には、外交官の夫と、可愛らしい娘がいる。幸福な家庭を手に入れ、料理研究家としても成功し、勝ち組の代表のような人だ。

「驚きました?」

「それより、どうしてそんなことを石川さんが知っているの?」

「広告代理店っていうのは、いろんな情報を持っているんです。取引先の会社の業績は
もちろん、スキャンダルまで」

ちょっと怖くなる。しかし考えてみれば、英利子が保険会社の秘書課にいた頃も、マル秘のデータとしてさまざまな事情がファイルされていた。詳しい内容までは知らないが、その中には家族構成からプライベートに至るまで収められていたはずである。

「それで、先生の相手の人って?」

「俳優の卵らしいですよ。先生より、二十くらい年下の」

英利子は思わず目をしばたたいた。玲子は確かに美しいが、四十五歳だ。二十年下となると、相手は二十五歳ということだ。

「でも、僕は当然だと思うな」

その言葉に、英利子は改めて顔を向けた。

「美しくて、仕事もバリバリやっている女性が恋をしているのは当然ってことです」

「そうかもしれないけど……」

「もしかして、森津さんは結婚したら、もう恋はしないってタイプ?」

「だって、それを約束するのが結婚でしょう」

　友章が平目の刺身を口に運ぶ。

「そうかな」

「違います?」

「僕、愛というのは、神経を鎮静化してくれるものだと思うんですよ。でも、恋というのは神経を昂《たかぶ》らせるもの、つまり、ひとつのエネルギーだ。生きるのに、エネルギーは必要でしょう」

「じゃあ、石川さんは愛と恋が両立するって思ってるってこと?」

　友章は少し酔ったのか、どこか悪戯《いたずら》っぽい目をした。

「夫婦って家族じゃないですか。家族への愛情は揺るがないと思いますよ。僕はまだ独身だけど、両親やきょうだいは大事にしたいって思ってますから」

「妻は、両親やきょうだいと同じなの?」

「そりゃあ、そうですよ」

「そうかな」

「だって、だから籍を入れるんでしょう。籍を入れるってことは、家族になりたいわけでしょう。家族になりたくないなら、籍なんて入れる必要はないわけだし」

納得させられそうになって、英利子は箸を置いた。

「私は、夫婦の愛情は、親きょうだいに対するものとは質が違うと思うけれど」

「そうかなぁ」

さらりとかわされて、自分の言葉に自信がなくなってくる。

「森津さんは、ご主人を愛してます？」

「もちろん」

「じゃあ、恋してる？」

思わず黙った。

「会うたび、どきどきしますか？　セックスするたび、この一瞬があれば死んでもいいって思えます？」

ストレートな言葉が飛び出して、英利子はどう返せばいいか、ためらってしまう。

「僕は愛を否定したりはしません。人間にはなくてはならないものだと思ってる。でも、恋というエネルギーを捨ててしまったら、人生の半分を失ってしまうような気がするんです。人は愛がなければ生きてゆけないのと同様、恋もなければ生きてゆけないんじゃないのかな。結婚したら恋ができないなんて、そんなのつまらない囚《とら》われ方だと思いませんか？」

友章の言葉には妙な説得力があった。自分の心の奥底を探ってゆけば、恋をしたいという気持ちがまったくないというわけではない。もし朔也に恋した時のような、あの情熱をもう一度味わえるなら……。

そして、ふと、思った。もしかしたら、同じことを朔也も考えているのだろうか。

愛が欲しい。でも、恋もしたい。そんなことを、自分が、そして朔也が、世の中の夫婦が、すべての男と女が、心の奥底で望んでいるのだろうか。

13

美月は朔也とふたり、タクシーでいつもの外苑前のバーに向かっていた。

車の中でも、美月はつい朔也の腕に手を回してしまう。男の人にとって、こういうのはちょっと鬱陶《うっとう》しいかな、と思わないわけではないが、ふたりきりになれる場所があるなら、いつもぴたりとくっついていたい。

青山通りの交差点で、信号待ちのためにタクシーが停車した。その時、ふと、歩道を歩くカップルに目が留まった。心臓が鼓動を速めた。

男は友章だった。

女性と一緒なんて……この間、キスしたくせに、軽井沢に一緒に行こうって言ったくせに……やはり友章は遊び人なのだろうか。そう思いながら、隣の女性に目を移すと、見覚えがあった。「どこかで」と、思ったとたん、小さく声を上げていた。その女性は、朔也の奥さんだったからだ。

「どうかした？」

言った時にはもう、朔也もその姿を捉《とら》えていた。

「あの人」

「ああ、そうだな」

朔也は頷き、少し動揺したかのように頰を緊張させたが、すぐこともなげに言った。

「今日、仕事で遅くなるって言ってたから、その関係の人じゃないかな」

その言葉は、どういうわけか、美月を不愉快にした。

「恋人だったりして」

美月は硬い声で返した。

「そんなわけないだろう」

即座に、朔也の返事があった。

「どうして？」

「彼女に、恋人なんか作れるはずがない」

美月は黙った。うまく言葉にできないが、胸の中は強張《こわば》っていた。

　バーの近くでタクシーを降り、ふたりは店に入った。美月は、相変わらず黙ったままだ。自分でも、自分の今の感情がよく理解できなかった。腹立たしくて、憎らしくて、言い返したいのに、うまく言葉にできない。カウンターに並んで座り、それぞれに飲み物を注文すると、朔也が顔を向けた。

「どうしたの、ずっと黙って」

「さっきのこと」

「さっきって？」

「どうして、奥さんに恋人なんか作れるはずがないって、言えるの？」

「ああ、そのことか」

　朔也は呆れたように笑った。

「だって、そうだから」

「だから、どうして」

「それは——」と言ってから、朔也は後に続く言葉を呑み込んだ。

「やめよう、そんな話。せっかくこうしてふたりでいるんだから」

　しかし、美月には聞こえたような気がした。夫婦だからわかる。長い付き合いなんだから、夫婦ってそういうものなんだ。そう続けようとしたのではないだろうか。本当はこう言って欲しかった。

「あの男が恋人であってくれたらいいのに」

そうしたら、朔也の気持ちが奥さんからもうすっかり離れていると確信できる。もちろん、今だって奥さんより愛されていることは感じている。でも、それはいつも、ちょっとしたことで、瞬く間に不安にすりかわる。だからこそ、朔也からはどんな時でも安心をもらいたい。

私はあとどれくらい待てばいいのだろう。美月は考え込んだ。

半年？　一年？　二年？

「なるべく早く話をつける」と、朔也は言ってくれているが、その間に私はどんどんおばさんになってゆく。それでも、朔也と必ず結婚できるというなら、それくらいの時間は我慢しよう。でも、もし待つだけ待って、最後の最後で結婚できなかったら？　そうしたら、それまでの時間はいったい何だったの、ということになってしまう。朔也は家庭に戻れば、以前の生活に戻れるだろうが、私はそうはいかない。確実に、その分だけ年を取った女になる。次の相手だって見つかる保証はない。周りはみんな幸せな結婚をして、家庭を築き上げているというのに、私はいつまでたっても独身のままかもしれない。いつか両親も死んで、ひとりぼっちになり、おばあさんになって、誰にも看取られず、孤独に死んでゆくのかもしれない……。

私は、本当に朔也を信じてひたすら待っていればいいのだろうか。このままでいれば、私は幸せになれるのだろうか。

翌日、友章に電話を入れた。

「何だ、声を掛けてくれればよかったのに」

拍子抜けするほどあっさりと友章は言った。

「タクシーだったから」

「仕事先の人と、イベントの打ち上げに行ったんだ」

やはり、そういうことだったのだ。それにしても、友章と朔也の奥さんが仕事とはいえ繋がりを持つなんて、マリの結婚相手のこともあり、その偶然にちょっと怖くなってしまう。

「あれ、もしかしてヤキモチ妬いてくれたとか?」

「違うわよ」

「なあんだ。それより、軽井沢に行く件、どうする?」

美月は言葉を濁らせた。決心はつかない。自分を狡いな、と思う。朔也という恋人がいながら、友章もまた、自分に向けさせておきたいという思いがある。友章を、保険にしている。

「今はまだ都合がつかないの」

「何だか、はぐらかされてる気がするなぁ」

と言ったものの、友章の言葉に皮肉さがないことに、美月はほっとしていた。

数日して、神田順子からお昼に誘われた。

「今日は私が奢るから、ちょっと贅沢しない？」

と、ランチが二千五百円もするレストランに連れて行かれた。順子はやけに機嫌がいい。

「何かあった？」

前菜の魚介類のテリーヌを口に運びながら、美月は尋ねた。

「実はね、結婚が決まったの」

順子はとろけるような笑顔で言った。

「え……」

美月のナイフとフォークを持つ手が止まる。

「念願の二十七歳にぎりぎりセーフ。とりあえず、目標は達成したってわけ」

美月は、今、自分がどんな顔をしているか不安になって、意識して笑顔を作った。

「おめでとう、やったじゃない」

「ふふ、ありがと」

「それで、相手はどんな人？」と尋ねながら「あまり条件のいい相手だったらいやだな」と思う自分がいて、自己嫌悪に陥りそうになった。

「商社マンよ」

順子は美月も知っている名の通った会社名を口にした。見当違いとわかっていながら、落ち込んでしまう。

「いずれ海外勤務にもなりそうだから、また英会話スクールに通わなくちゃ」

順子は幸せを隠そうともせず、無邪気に言った。メインディッシュの皿が出された。子羊のローストだ。でも、食欲はいっぺんに失《う》せていた。

「羨ましいな」

肩から力を抜いて正直な気持ちを口にすると、順子は意外な顔をした。

「あら」

「私もいい人がいたら結婚したい」

「え、そんなふうには見えなかったけど」

「そう？」

「余裕に見えた。その点、私はほら、頑張ったから。美月と違って、合コンにもせっせと参加したし、会費に払ったお金だって相当のものよ」

「そうかもしれないけど、なかなかこれぞって人には巡り合えないでしょう」

「まあ、それは確かにね。私もようやくって感じだもの」

「結婚の決め手は何だったの？」

順子はしばらく考えた。

「うーん、これって言えないな。性格もあるし、条件もあるし、セックスの相性だって。いろんなものが混ざり合ってる」

それから、少し声を潜めて、付け加えた。

「実はね、彼と同時にもうひとり付き合ってた人がいるの」

「ふたまた？」

「まあ、そういうことになるかな」

順子は悪戯っぽく笑った。

「もうひとりの方は、資産家の息子で経済的に文句のつけようがなかったのね。だから、どっちと結婚したら幸せになれるかって、最後の最後まで計算した」

「計算なの？」

「もちろん」

でも、美月にしたら、条件も大切だがやはり気持ちを優先したい。愛する人と人生を共に歩みたいと願うのが、結婚の自然の形という気がする。順子は、美月の思いを感じ取ったかのように頷いた。

「美月の言いたいことはすごくわかる。私だって、我を忘れるような恋愛をしたことあるもの。でもね、だからこそ今は思うの。恋愛って、恋愛そのものより、その後に行き着くところが本当はいちばん重要なんじゃないかって」

美月はふっと顔を上げた。

「どんなに熱烈な恋愛をしたって、終わったら何も残ってないこと、多いじゃない。それを無駄とは言わないけど、やっぱりむなしいでしょう」

「そうね……」

「女の人って、男の人に較べたら結婚で人生が変わる確率がすごく高いから、だから、いろんな男の人を見て、たくさんシミュレーションして、どの人との結婚が自分を幸せにしてくれるか考えるのは当たり前じゃないかな。だって、長い人生を一緒に生きる相手なのよ、そんな大切なことを、恋愛っていう感情だけで決めてしまっていいのかなって思うわけ」

美月は何も言えなくなった。結婚に、何よりも恋愛感情を優先させるのは、もしかしたらとても愚かなことなのだろうか。

「だから美月も、変に罪悪感なんか持たずに、ふたまたもみまたも掛けちゃいなさいって。それで本当の相手を見つけるの。結局は、幸せになったもん勝ちなんだから」

朔也とのことを、順子が知っているはずはないのに、まるで見透かされているような気がした。

どうでもいいような話が、つい耳に入ってしまうというのが、社内恋愛のいいところでもあり、悪いところでもある。

朔也と奥さんが、結婚四周年記念に、仲人の部長夫妻と一緒に食事をした、という話を聞いてしまった。何気ない顔で聞き流しておいたものの、いたたまれない気持ちにかられた。

朔也は悪い人じゃない。人を騙《だま》したり、裏切ったり、都合よく利用できるような人じゃない。むしろ不器用で、人から利用されてしまうタイプだ。美月のことを本気で愛してくれていることも実感できるし、信じてもいる。部長夫妻との食事会も、きっと断り切れなかったのだろう。

でも、こう思う自分もいる。

今の朔也は、結局、私と奥さんにふたまたを掛けている。朔也には奥さんがいるのに、私には朔也しかいない。そんなのは、不公平というものではないか。

考えたくもないけれど、もし朔也と駄目になった時、私にだって逃げ込む場所が欲しい。そういうところがあれば、もう少し余裕を持って朔也と向き合えるし、日々を気楽に過ごしてゆけそうな気がする。そう、私にだってそんな存在があれば……。

その夜、美月は友章に電話を入れた。

「あ、私」

「おぅ」

「あのね、軽井沢の話だけれど」

「決めた?」

「うん」

そのくせ、声が少し震えていた。

14

結婚四周年記念に、部長夫妻と食事をしてから、朔也とは再び険悪な状態が続いていた。

理由はいろいろある。

まず、その食事会が英利子に相談なしに決められたことだ。食事がいやだったわけじゃない。ただ、その日は英利子なりに、久しぶりに料理の腕をふるおうと予定を立てていた。それなのに「部長に誘われたから」と、勝手に決めてしまったことが釈然としない。それから、朔也が部長夫妻から子供の話を振られて「英利子があまり欲しがらなくて」と、言ったこともある。確かにあの時「今は無理」と言ったが、それまで子供を作ることに非協力的だったのは朔也ではないか。

「英利子さん、仕事もいいけれど、妻として大切にしなければならないものが何なのか、ちゃんと考えなくちゃね」

部長の奥さんに、そんな皮肉まで言われた。

夫婦って、庇《かば》い合うものだと思っていた。他人からあれやこれや言われても、少なくとも建前として英利子をフォローするのが、思いやりというものではないか。英利子だって、朔也への不満はいろいろある。けれど、他人の前で、それも本人を前にして大っぴらにしようなんて思わない。そんなことをしたら、朔也の立場がなくなることがわかっているからだ。でも、朔也は気がつかない。英利子の立場なんて、気にも留めていない。その証拠に、朔也は英利子が何に怒っているのか、まるっきりわかっていない。

「何だよ、ここのところずっとムスッとしてさ」

ただ私の我儘《わがまま》で、機嫌を悪くしていると思っている。

こんな時、誰かに愚痴を聞いてもらいたい。悦子に電話しようか、と思って受話器に手を伸ばしたものの、途中で止まった。前に愚痴った時の、悦子の反応を思い出したからだ。口にはしなかったが、悦子はこんなふうに思ったに違いない。

「好きで結婚したんでしょ。すべては自業自得じゃない」

独身を謳歌《おうか》している友人に、結婚の面倒や厄介事を理解してもらおうと思っても無理なのかもしれない。だったら同じ主婦の友達に……となると、料理教室に通っている奥様たちだが、彼女たちとは所詮、社交辞令に毛の生えた程度の付き合いしかない。

広島の母親に電話してみようか。でも、この年になって、今更心配をかけるようなことはしたくない。じゃあ誰に……。そして英利子は、結婚してから、自分にすっかり友達がいなくなったことに改めて気づいた。

もし子供でもいれば、公園や幼稚園で顔見知りになり、共通の悩みを相談できる相手を見つけることができるだろう。けれども、妻という立場でしかない英利子は、知り合うチャンスもなかなかない。結婚する時、朔也さえいてくれたらいい、と思った。朔也は、両親よりも、友人よりも、もっと言えば、英利子自身よりも、かけがえのない大切な人だった。

朔也以外、誰もいらない。

もしかしたら、あの時そう思った自分にしっぺ返しを食らっているのではないか、そんな気がした。

そのせいもあってか、今は仕事をしている時がいちばん楽しい。

朝、藤島玲子とスケジュールの確認をする。日中は取材やインタビューの電話応対をこなし、打ち合わせや交渉に追われる。先日のホテルのイベントが大成功したせいもあって、最近は問い合わせの電話も多い。こうして仕事をしている間は、朔也とのごたごたが忘れられた。

不思議なものだな、と英利子は思う。以前は、忙しい仕事の逃げ場として結婚に行き着いたのに、今は結婚の逃げ場が仕事になっている。

午後、玲子のラジオ出演の打ち合わせのために、石川友章と代官山のティールームで待ち合わせた。時間通りに店に入ると、奥の席から友章が手を上げた。

「先日はすっかりご馳走《ちそう》になって、ありがとうございました」

「いや、こちらこそ、とても楽しかったです」

友章が人懐っこい笑顔を向ける。仕事上の相手だとわかっていながら、こんな顔を見ると、何だか気持ちが和らいだ。早速、打ち合わせに入った。再来週の日曜、午後三時からお台場にあるラジオ局で収録が行われる。入りは二時半。収録は一時間。

「内容的にはどんなものになりますか？」

英利子の質問に、友章はざっくばらんに答えた。

「難しいことはありません。先生が料理研究家になられたきっかけとか、料理をする上でいちばん大切にしていること、あとは失敗談がひとつくらいあると、盛り上がるかな」

「藤島は、あまりプライベートなことは話したくないようなんです」

「うーん、まったく話さないっていうのも不自然だと思うんですよね。料理っていうのは、自分のためというより、誰かのために作ることが多いわけだから、ご家族のことが少しは質問に出ると思います」

「そうですよね」

「あまり突っ込まないよう、インタビュアーには言っておきますけど、何とか少しだけでも喋ってもらえるよう、先生にうまく伝えていただけませんか」

迷ったが、玲子のためにもその方がいいと、英利子にも思えた。料理研究家という看板に必要なのは、料理の腕だけではない、イメージだ。

「わかりました、話しておきます」

打ち合わせは三十分くらいで終わり、ファイルをバッグにしまっていると、ふと、友章が英利子の顔を覗き込んだ。

「森津さん、今日はちょっと元気ないですね」

「そう?」

「結婚して、働く女性は大変ですよね。家のことはやらなきゃならない、仕事は手が抜けない。そんなんじゃバテちゃいますよ」

英利子は苦笑した。

「石川さん、まるで経験者みたい」

「仕事柄、そういう女性をいっぱい見てますから。今度また一緒においしいものでも食べましょうよ。たまには気分転換しなくちゃ」

「ありがとう」

社交辞令とわかっていても、そんなふうに言われると悪い気はしない。

「おこがましいけれど、僕のこと、気楽な男友達とでも思ってください」

男友達。それは思いがけず、新鮮な響きで英利子の耳に届いた。若い頃は、自分にもそんな存在があった。学生時代からの男友達と、サークル活動そのままのノリで、よく一緒に飲みに出掛けたものだ。けれど、就職して四、五年もたつと、いつの間にか疎遠になっていった。みな会社の付き合いや、恋人の方を優先させるようになっていた。そして、いったん社会に出てしまうと、以前のように、気楽な男友達を得ることが、どんなに難しいかもわかるようになった。もしかしたら、リラックスできる相手というのは、夫でも親でも女友達でもなく、意外と「男友達」なのかもしれない。

それから一週間ほどがたった。

「そんなの無理よ」

英利子は思わず声を上げた。九時過ぎに、少し酔って帰って来た朔也が、ソファでテレビを観ていた英利子の顔を見るなり「来週の日曜、戸塚の家で法事があるから」と言い出したからだ。

「その日は藤島先生のラジオの収録があるの。この間、言ったじゃない」

「今日、お袋から連絡をもらったんだ」

朔也はキッチンに行って、冷蔵庫からミネラルウォーターのボトルを取り出した。

「私は無理、行けない」

「家族も親戚もみんな集まるんだ。何とかならないのか」

「ならない、もう決まってるんだもの」

朔也は眉を顰《ひそ》めて、ボトルを口にした。

「家の大事な行事より、そっちの方が優先ってわけか」

「そんな言い方しないでよ。仕事なんだもの、仕方ないでしょう」

「仕事って何だよ」

朔也はボトルを、乱暴にダイニングテーブルに置いた。

「男と夜に街をうろつくことが仕事なのか」

何を言っているのか、すぐにはわからなかった。

「何なの、それ」

「青山通り、歩いてただろ」

記憶を手繰り寄せて、ようやく友章との打ち上げのことだと気づいた。

「あれは、先生のイベントの後、食事に行ったのよ。それだって朔也に話したじゃない。だいたい何で今頃そういうことを言い出すわけ？　見かけたならその時に声を掛けてくれればよかったのに」

「タクシーに乗ってたんだ」

「その日は残業だって言ってなかった？」

朔也は一瞬、黙った。

それから話の矛先《ほこさき》を変えるように、口調を改めた。

「外で人と会う仕事だったんだよ」

「英利子、仕事を始める前に自分が言ったこと、忘れたのか」

「え？」

「主婦業もちゃんとやるって言ったろう」

確かにそんなことを言った覚えがある。

「そうだけど」

「僕の家の法事に出るのも主婦業のひとつじゃないのか」

「もし、法事のことを聞いていたら、その日に仕事を入れたりしなかった。でも、先に仕事が入ってしまったんだから、仕方ないじゃない。引き受けた以上は責任があるんだし」

「仕事がそんなに大切か。僕よりも、僕の家族よりも大切なのか」

「そんなこと言ってない」

「結局は、そういうことだろ」

「少しは理解してよ。私はもう、主婦だけやってるんじゃないんだから」

それを聞いて、朔也は唇の端に皮肉な笑みを浮かべた。

「呆れたな。結婚する前、英利子、言ったよな。仕事なんかしないで家に入りたいって。専業主婦になりたいって。それなのに次は働きたいって言い出して、今度はもう主婦だけじゃないってわけか。勝手に自分の意思を変えておいて、それを僕が理解しないって文句を言うのは、筋違いなんじゃないか」

返す言葉に詰まった。確かに、気持ちは変わった。けれど、その変化は否応なしに変わらざるを得なかったというところもある。不意に、さまざまなことが思い出されて、英利子の頭に血が上った。

「私だって、子供でもいれば働こうなんて思わなかったわよ」

自分でもびっくりするほど大きな声が出た。

「子供が欲しくて、カレンダーに排卵日の赤い印をつけても、朔也はいつもお酒を飲んで帰って来たじゃない。ぜんぜん、私の気持ちなんかわかってくれなかったじゃない」

朔也は息を呑むように黙り込んだ。

「それでいて、お義母さんにせっつかれると、慌てて子供を作ろうなんて言い出したりして。私より、お義母さんの意見の方が大事ってことなんでしょ。それに、この間の部長夫妻との食事の時だって、子供ができないのは、すべて私の責任のように言った。朔也こそ、自分の都合の悪いことは、みんな私のせいにしているじゃない。それは筋違いじゃないの」

朔也もまた声を荒らげた。

「子供を作ろうって言った時、英利子は拒否しただろ」

「その前に、私がどれだけ悲しい思いで生理を迎えたか、知ってるの」

「だから、僕もいろいろ考えたんだ。子供を作ろうって言ったのは、僕のひとつの賭けでもあったんだ」

「賭けってどういう意味よ」

聞き返すと、朔也はゆっくりと目を逸らした。

「とにかく、とても大事なことだったんだよ」

「でも、私にだって都合があるの。それはわかってよ」

ふたりの間に、しばらく沈黙があった。遠くからサイレンの音が流れてくる。そのせいで、いっそう静けさが際立った。

「これじゃ堂々巡りだな」

ぽつりと、朔也が言った。

「そうね」

「ちょっと、頭を冷やしてくる」

そう言うと、朔也は脱いだジャケットを手にして、玄関を出て行った。

英利子はソファに座ったまま、ぼんやりと天井を眺めた。私たち、何をしているんだろう。どうしてこんなことになってしまったんだろう。何が悪くて、どこが間違っていて、どちらに非があるのだろう。考えても、考えても、答えは出てきそうになかった。

15

軽井沢は快晴だった。新幹線を降りたとたん、東京ではめったに見られない、目に痛いくらいの初冬の澄んだ空が広がっていて、美月は嬉しくなった。

友章が顔を向けた。

「よかった、晴れてて」

「ほんと」

美月が笑みを返し、ふたりは並んで改札口に向かった。

「チェックインしたら、少し散歩しよう。いい雰囲気の場所をたくさんチェックしてあるんだ」

友章は手回しがいい。いつも美月を退屈させるようなことはない。朔也だったらこうはいかない。予定をたてるのは、いつも美月だ。「面白い映画があるの」「おいしいレストランを見つけたの」と、誘うことになる。決して、それがいやなわけじゃない。朔也はそういうことに疎いだけで、むしろ性格のまじめさを表しているように思う。ただ時々は、強引なリードが欲しいと感じることもある。

「明日はゴルフだからね。ランチはクラブハウスで、午後にショッピングをして、夕方早めに夕食をとって、七時過ぎの新幹線に乗る。それでいい？」

「うん」

北口からタクシーに乗り、ホテルに入った。千ヶ滝《せんたき》に向かう途中にある、森の中に佇むお洒落なホテルである。明るいロビーといい、豪華な調度品といい、華やかに生けられた色とりどりの花といい、やっぱり友章はセンスがいい。フロントでサインをする時、友章は堂々と自分の名前を書き、その下に、矢野美月という名を連ねた。

その当たり前のことに、美月の気持ちが解放されてゆく。

いいや、それは東京駅で待ち合わせた時からだ。約束した丸の内口に行くと、先に来ていた友章が大きく手を振って「ここだよ！」と叫んだ。周りの目などまったく気にしていなかった。朔也だったらこうはいかない。誰に見られるかわからないと、十メートルぐらい離れた場所で目配せし合い、その距離を保ったまま新幹線に乗り込むことになる。席に着いてもいつも人目が気になって落ち着かないし、ホテルでは、時に、偽名を使う。

朔也と一緒に出掛けられるのは嬉しい。でも、いつも「悪いことをしている」という気持ちとセットになっている。まるで朔也への自分の気持ちまで、悪いと言われているような気になる。そんな思いが、楽しいはずの朔也との旅行に、いつも暗い影を落としてしまう。しかし、友章にそれはまったくない。世の中の恋人同士と同じように振舞える。

部屋に通されると、友章は美月に軽いキスをした。

「今日と明日、ここで思いっ切り楽しもう」

こういうことだ、恋人同士ってこういうことを言うのだ。朔也を愛しているし、愛されてもいる。でも、欲しいのは、望んでいるのは、したいのは、こういうまさに恋愛でしかできないことを、誰に遠慮することなく重ねてゆくことだ。

部屋を出る前に、美月は洗面所に入った。簡単に化粧直しをし、ふと、鏡に映る自分を眺めた。

やっぱり自分は狡いのだろうか。

朔也と別れたわけでもないのに、友章と泊りがけの旅行だなんて。

でも、今は朔也と別れることはできない。気持ちにケリがつけられない。だから、心のどこかで願っている。友章が、強引に私をさらってくれることを。そうして「僕が幸せにする」と力強く言ってくれることを。そうしたら、きっと朔也を諦められる。自分が弱いから、意気地がないから、だからこそ、友章に人生を変えられることを期待している。

ふたりで旧軽井沢に出て、手をつないで古くて由緒ある別荘地を回ったり、落葉松《からまつ》林が連なる小道を歩いたり、カフェでお茶を飲んだり、ジャムの店で試食したりと、夕方まで子供のようにはしゃぎながら過ごした。カップルがたくさんいたが、今まで羨んでいた「いいな、堂々といちゃいちゃできて……」という思いを一気に晴らしたような気分だった。夕食はホテルのレストランで、フレンチだ。

「ここは、信州ならではの野菜や肉を使っていて、新鮮で、斬新《ざんしん》で、すごくうまいんだ」

と、友章が言った通り、料理はどれも素晴らしくおいしい。

「前に一緒に来たのは誰？」

美月はからかうように、探りを入れた。

「学生時代の友達さ」

さらりと友章は答える。本当かどうかはわからないが、当然、友章だって過去に付き合った女の子はいるだろう。

「素敵なところだから、今度、両親にもすすめてみようかな」

「いいんじゃない」

「ねえ、友章くんのご両親は何をしてるの？」

友章がちらりと上目遣いに見た。あまりいい質問ではなかったかもしれない。でも、聞いておきたいことはたくさんある。今日は一緒に夜を過ごすのだ。それなりの覚悟で軽井沢まで来た。ただ楽しかったで終わらすわけにはいかない。友章が答える前に、美月はまず自分の家族を説明した。

「うちの父親は商事会社のサラリーマンなの。母親は専業主婦。大学三年の弟がいて、就活の真っ最中」

「ふうん」

「友章くんのお父さんは？」

実家が横浜にあることは、以前、聞いていた。友章は桜新町《さくらしんまち》でひとり暮らしをしている。

「家電メーカーの普通のサラリーマンさ」

「お母さんは？」

「母親も働いてる。食器を扱ってる会社だよ」

「きょうだいは？」

「姉がひとりいる」

ということは長男だ。

「お姉さんは独身？」

「いいや、二年前に結婚して、今はダンナの転勤で福岡にいる」

だったら小姑《こじゅうと》の心配はあまりしなくていいだろう。美月はワインを口にした。

「前に、広告代理店ってすごくお給料がいいって聞いたことがあるけど、ほんとなの？」

ストレート過ぎるかもしれないが、これだって大事なことだ。

「そんなことないさ」

「でも、普通のサラリーマンよりいいって聞くけど」

「残業が多いからね」

言ってから、友章は話題を変えた。

「明日のコース、結構変化があって面白いらしいんだ」

「そう、楽しみ。それで、友章くんって小さい頃どんな子供だった？」

「うーん、普通だよ。サッカーが好きで、国語が苦手。賞罰なし」

「大学の専攻は何だったの？」

「社会心理学」

「どうして広告代理店に就職しようと思ったの？」

「面白そうだったから」

言ってから、友章は美月の顔を覗き込んだ。

「尋問はまだ続く？」

「やだ尋問だなんて。私、いろんなこと聞き過ぎた？」

「そういうことって、お互いに、これからゆっくり知り合ってゆこうよ」

「そうね」

美月は頷く。でも、内心では違うことを考えていた。ゆっくりなんて悠長なことは言ってられない。今、欲しいのは確かなものだ。

確かな約束、確かな成就、確かな未来。

恋愛は、とても素敵なことだけれど、自分にとって、それはもう一番じゃない。恋愛の向こうにあるもの、辿り着く場所、形の見える幸福、それを手に入れたい。

食事を終えて、バーで少し飲み、部屋に戻った。美月はやはり緊張していた。朔也と付き合い始めてから、他の誰かとベッドに入ったことはない。胸の隅で「裏切り」という単語が浮かんだ。確かに、自分は今、朔也を裏切ろうとしている。けれども、朔也だって同じではないか。奥さんと一緒に暮らしている。同じベッドで眠っている。「もう、ずっと何もないよ」と朔也は言っているが本当かどうかなんてわからない。

「先にシャワー、使ったら」友章が言った。美月は頷き、クレンジングと新しいショーツが忍ばせてあるポーチを手にして、バスルームに入った。シャワーを使いながら、もう朔也のことは考えないでおこう、と思った。この一泊の軽井沢旅行を決めた時から、こうなることはわかっていたはずだ。

美月と入れ替わりに友章がシャワーを浴びる。その間、美月は窓際に立ち、月明かりに揺れる落葉松の林を眺めていた。落ち着こうとしても、やはり心臓がばくばくしている。これから始まることを考えると頬が熱くなる。やがてバスルームのドアが開き、ローブ姿の友章が近づいてくるのが、窓ガラスに映った。そして、不意に、背後から抱き締められた。

「ベッドに行こうよ」

「そうね」

ただ、その前に、もうひとつだけ聞いておきたいことがある。

美月は小声で尋ねた。

「ねえ、私たち、これからどうなるの？」

友章は何も言わなかった。うまく伝わらなかったのかもしれないと、念を押すように美月は続けた。

「私はまじめな気持ちだから」

すっと友章の身体が離れた。振り向くと、友章は冷蔵庫に近づき、缶ビールを二本取り出した。

「ちょっと飲もうか」

テーブルに置いて、友章が顔を向ける。言い過ぎただろうか、重たかっただろうか。戸惑いながらも、美月は向かい側に腰を下ろした。友章が缶ビールに口をつけた。

「僕は美月ちゃんが好きだよ。その気持ちに嘘はない。でも、先のことはわからない。それも正直な気持ちなんだ。もし、それが不まじめだというなら、しょうがないと答えるしかない」

美月はしばらく黙った。

「やっぱり、それじゃ納得できない？」

「ただ……私は不安なの」

「不安？　何が？」

「うまく言えないけど、あやふやでいることが」

友章は短く息を吐き出した。

「先に答えが必要ってこと？　たとえば、結婚とか？」

そのことを確かに考えていたのに、友章から言われると、とてつもなく恥ずかしく、みっともなく、愚かなことに頭を巡らせていたように思えた。

「もし僕が今、結婚を考えていると言ったら、このままベッドに入るのかな。それで、考えていないと言ったら入らないのかな」

美月は首を振る。

「そうじゃない、そうじゃないけど、私は幸せになりたい。友章くんと一緒にいると楽しい。でも、楽しいと幸せは、似てるけど違うでしょう」

「そう?」

「同じだと思う?」

「美月ちゃんの幸せは結婚しかないのかい?」

「そんなことない」

「だろう」

「でも、恋愛で気を揉《も》むのはもういやなの。悩んだり、ハラハラしたりするのも。私は安心したいの、落ち着きたいの」

「そうか」

友章は缶ビールを置き、しばらく考えてから、美月にざっくばらんな笑顔を向けた。

「僕たち、もしかしたら、違うところを見ていたのかもしれないな」

「違うところ？」

「今の僕は美月ちゃんと悩んだり、ハラハラしたりする恋愛がしたかった」

それから友章はソファから立ち上がった。

「今日はゆっくり眠ろうか。ここは空気もいいからよく眠れるよ」

そう言って、友章は先にベッドに潜り込んだ。美月はただぼんやりその様子を眺めていた。やがて、何もなかったかのように、呑気《のんき》な寝息が聞こえてきた。

美月は窓の外に目を向けた。月明かりがいっそう濃くなったような気がする。

胸の奥に苦いものが広がっていた。それはビールのせいではもちろんなかった。

私ったら……と、美月は唇を噛む。

いったい、何をやってるんだろう……。自己嫌悪というのは、きっとこんな時に使う言葉なのだと、強く実感していた。

第２章

1

「今、何て言ったの？」

英利子はキッチンで洗い物をしていた手を止めて、朔也に顔を向けた。

「僕たち、状況を変える時期に来ている気がするんだ」

朔也はひどく回りくどい言い方をした。

「それ、どういう意味？」

「言葉通りだよ」

「わからない、言ってること」

英利子は素っ気なく答えた。

二週間ほど前に口論してから、ぎくしゃくした関係が続いていた。会話は極端に減っていたし、同じ場所に一緒にいる——たとえば居間のソファでふたりでテレビを観る

――なんてこともなかった。週末も、朔也はひとりでどこかに出掛けてしまった。

けれど、喧嘩《けんか》しているのだからしょうがない。今までも同じようなことは何度もあった。今回は少し長引いているが、何だかんだ言いながらも、朔也は毎日いつも通りに家に帰って来たし、背中を向け合っても隣のベッドで眠っていたし、朝は英利子の作った朝食を食べて出勤して行った。

「とにかく、そのこと考えておいてくれないか」

朔也は言ってから「じゃあ、行くよ」と、玄関を出て行った。

朔也はもともと謝るのが下手《へた》なところがある。喧嘩の後は、帰りにケーキを買って来たり、急に風呂《ふろ》の掃除をしてくれたりして、朔也なりの反省の気持ちを示そうとした。英利子もそれで何となく「もう、いいかな」という気持ちになって、いつの間にか仲直りが成立しているというパターンだ。けれども今回、どういうわけか朔也は折れようとしない。だからこそ、英利子も「こっちだって」という気持ちになっていた。

でも、こんな状態を続けているのも、そろそろ疲れてきた。ここで英利子まで朔也と同じ態度を押し通したら、ますます意地の張り合いになってしまうだろう。考えてみれば、自分もいけなかったところがある。結婚前に、専業主婦になりたいと言ったのに、それを覆《くつがえ》してしまったのは確かに英利子の方だ。朔也の家の法事に出られなかったことも、仕事で仕方なかったとはいえどこか後ろめたさが残っている。そして何より、子供のことは、ふたりでもっと話し合わなければならないことだと思っている。

出勤の準備をしているうちに、やがて英利子も素直な気持ちになっていた。今夜、早く帰って、朔也のために料理を作ろう。メールを送って、早く帰ってくれるよう頼んでみよう。ふたりで一緒に夕食を食べて、そして「ごめんなさい」と謝ってしまおう。考えてみれば、とても簡単なことではないか。そう思うと、ようやく気分が軽くなった。

昼食後、仕事が始まる前に今夜のメニューを考えた。

久しぶりに和食にするつもりだった。少し手間だけれど、朔也の好きな茶碗《ちゃわん》蒸しを作って、鰈《かれい》の煮付けに、茄子《なす》の揚げ浸し、それから里芋《さといも》のそぼろ煮も。デスクで買い物のメモをしていると、事務所に入って来た藤島玲子が目ざとく気づいた。

「あら、夕食の献立？　今夜は特別な日なの？」と、からかうように笑った。

「いいえ、そんなんじゃないんです」

首をすくめながら英利子は答えた。

「実は、夫と喧嘩してしまって。そろそろ仲直りしておいた方がいいかなって」

窓際の自分のデスクに腰を下ろして、玲子は頷《うなず》いた。

「そうね、それはとても大切なことよ」

「コーヒーを淹《い》れましょうか、それともハーブティーになさいますか」

「じゃあ、ハーブティーをもらおうかしら」

英利子がそれを用意していると、玲子が穏やかな声で言った。

「夫婦って、家と同じだから」

「家ですか?」

英利子は手を休めず、顔だけ向けた。

「家っていうのは、細かいメンテナンスが必要でしょう。壁に小さな亀裂《きれつ》を見つけて、ちょっとだから大丈夫って放っておくと、そこから水が入って内側がカビだらけになったりするの。柵《さく》の錆《さび》とか、じゅうたんのシミとか、早いうちに手入れしておけばすぐにきれいになるのに、いつかやるわって放っておくうちに、丸ごと交換しなくちゃならなくなるの」

カップを持って、英利子は苦笑しながら玲子に近づいた。

「確かに、そうですね」

「夫婦も早めのメンテナンスを心がけないとね。それが長続きさせるコツ」

「はい」と、答えたものの、正直、内心では納得できないところもあった。

玲子には二十歳近くも年下の恋人がいる。それはすでに、夫婦としての関係が壊れているということではないのだろうか。世の中には、互いに公認の恋人を持つ夫婦もいるというから、もしかしたら玲子夫婦はそうなのかもしれない。でも、やはりそれはそれで夫婦の関係が破綻《はたん》しているということだ。夫婦というより、共同生活者、もしくは家族という組織を運営する共同経営者みたいなものだ。自分だったらとてもできない。

もし、朔也に恋人がいたら。

英利子はふと考えた。朔也が、どこかの知らない女に、英利子に対するよりずっと強い愛情を抱いているなんて。「愛している」と囁《ささや》き、ベッドで裸で抱き合っているなんて。そして、かつて英利子にしたあのさまざまなことを彼女にもするなんて。想像しただけで、生理的に許せない。そんなことになったら、即、離婚だ。玲子夫婦に較《くら》べれば、うちなんてまだまだ可愛《かわい》いものだ。食卓に朔也の好物を並べれば、それだけで丸く収まる程度のものなのだから。

午後、朔也にメールを入れた。

〈今夜、何時頃帰れる？　ちゃんと話したいの〉

一時間後に返事があった。

〈八時には帰る〉

ほら、と思った。朔也も同じことを考えている。

その夜、料理を作って待っていると、八時半を少し過ぎた頃に朔也が帰って来た。三十分の遅刻だが、今夜はうるさいことは言わないでおこう。

「ちょっと待ってね、今、料理を温め直すから。ビールでも飲む？」

精一杯優しい声で言ったつもりだが、朔也は「いい」と短く言い、「それより、先に話をしないか」と、居間に向かった。

肩透かしを食らったような気分だった。けれども、そう言われると、仲直りしてからの方が食事もおいしく食べられるだろうと思い直して、英利子は鍋《なべ》の火を止めた。

ソファに座る朔也の向かい側、カーペットに置いたクッションに英利子は腰を下ろした。朔也の表情は硬い。こういう時は自分から口火を切った方がいいだろう。男というのは、時として、何より面子《メンツ》を優先させる。これ以上、依怙地《いこじ》になってもらっても困る。「ごめんなさい」それさえ言ってしまえばいいのだ。と、口を開こうとした瞬間、朔也が言った。

「考えてくれた？」

「え、考えるって？」

英利子は思わず聞き返した。

「今朝、言ったこと」

「何だったっけ」

朔也は少し早口になった。

「だから、僕たち、状況を変える時期に来ていると思うんだ。そのことを英利子はどう思っているのか聞きたいんだ」

英利子は言葉に詰まった。今のこの喧嘩をしている状況は確かに変えなければならない、それは英利子も同じ気持ちだ。けれども、朔也の言葉を頭の中で反芻《はんすう》すると、何か違うように思える。自分たちは同じものを見ていないような気がする。

黙っていると、待ち切れないように朔也が言った。

「僕の気持ちはもう決まったよ」

英利子は改めて朔也に顔を向けた。それから、どこか機械的に尋ねた。

「決まったって、何が？」

「別れよう」

英利子は惚《ほう》けたように朔也に目を向けた。朔也は今、何と言ったのだろう。自分の耳がおかしくなってしまったのだろうか。別れる？　朔也の言うそれは、英利子の知っている「別れる」とは別の意味があるのだろうか。

それは離婚するということ？

まさか。

一気に混乱した。

「ごめん、僕の身勝手だってことはよくわかってる。結婚してまだ四年しかたっていないしね。夫婦というのは、もっと時間をかけて築いていくものだってことも、頭では理解してるんだ。でも、その分、傷が深くなるってこともあると思う。やり直すなら、早い方がいいと思うんだ」

　朔也は英利子を残して、どんどん話を進めてゆく。

「ちょっと待って」

　英利子はようやく言った。自分の声が掠《かす》れていた。

「何なの、それ。そんなこと急に言われても、私、何をどう答えていいのかわからない。別れるなんて、どういうこと？　どうして急にそんなことを言い出すの？」

　今度は朔也が黙った。

「私が仕事を始めたことがそんなにいやだったの？」

「いいや」

「じゃあ、法事に出なかったことが許せないの？」

「違う」

「確かにお義母《かあ》さんとはあまりうまくいってないけれど」

「そうじゃないよ」

「やっぱり子供のこと？　仕事を始めたからバタバタしちゃったけど、もう少ししたら落ち着くから、それから」

「違うんだ、そんなことじゃない」

「じゃあ……じゃあ……」でも、英利子はもう思いつかない。

「じゃあ何なの？　どうしてそんな話になるの？」

朔也は再び黙り込んだ。その沈黙が怖かった。頭の中はまだ混乱しているが、自分が今、どんな状況に置かれているかの判断はついた。こんなことになるなんて考えてもいなかった。朔也を喜ばせたくて、料理に腕をふるっていた。それをふたりで食べて、仲直りするつもりだった。

「英利子は何も悪くない。責任はみんな僕にある」

英利子はゆっくり顔を向けた。朔也と目が合い、その瞬間、これ以上聞いてはいけないと思った。聞いたら、きっと現実になる。けれども、その思いが言葉になる前に、朔也は言った。

「大切な人がいるんだ」

その週末、朔也は「大学時代の友達のところに厄介になる」と言って、ボストンバッグに身の回りのものを詰めて出て行った。

「英利子が納得するまで、とことん話し合うつもりでいるから」

と、言ったが、すべて離婚が前提の言葉であることは明らかだった。

何よりも、朔也が口にした「大切な人がいる」は、一瞬にして、英利子からすべてを奪っていったような気がした。

好き、でもなく、愛してるでもなく、大切な人。恋愛という情熱だけでは括《くく》れない、そこに彼女を守るという男としての意思のようなものが見えて、英利子は打ちひしがれていた。朔也はもう英利子側ではなく、そっち側に立っているように感じられた。

まさかそんな人が。いったいいつの間に。考えたこともなかった。気づきもしなかった。突然過ぎる、あまりに突然過ぎる。

その日の夕方、石川友章と打ち合わせが入っていた。英利子はいつもの代官山のティールームに向かった。胸の中は壊れた感情の欠片《かけら》で埋まっていたが、何度も「仕事なんだから」と、呪文《じゆもん》のように自分に言い聞かせた。

友章と顔を合わせ、挨拶《あいさつ》をし、さり気ない世間話を交わし、そこに友章の気の利いたジョークが混ざり、英利子は笑う。いや、笑っているつもりだった。向かいの席で、友章が驚いたように目をしばたたいた。

「森津さん、どうしたんですか」

その時になって、自分が泣いていることに、英利子はようやく気がついた。

2

「今、何て言ったの？」

美月は思わず顔を向けた。いつもの外苑前のカウンター・バーである。

「だから、家を出た」

「それって……」

聞き返す声がわずかに震えた。

「ああ、もう家には戻らない」

すぐには言葉が出なかった。ずっと待ち望んでいたことなのに、どうにも実感が湧《わ》かず、美月はただ、朔也の横顔をぼんやり眺めた。

「本当に？」

「うん」

だからといって、すぐに有頂天になってはいけない。今までだって「今度こそ」と信じたことが、結局、早合点で終わってしまったことが何度もある。

朔也と付き合ってきて、学習したことのひとつに「期待を持ち過ぎれば失望も深い」

というのがある。たとえば「今度の日曜は会えるよ」という週末の予定。大概「ごめん」のひと言で覆された。「ずっと一緒にいたい」と言いながら、必ず終電で帰ってゆく朔也。自分から掛けられない夜の電話。決して移してはいけないトワレの香り。ひとつひとつはささやかな出来事でも、それらが重なってゆくうちに、美月はいつの間にか「仕方のないこと」として、自分を納得させる術《すべ》を身に付けてきたように思う。だからこそ「家を出た」と言う今も、全面的に喜んでしまうことが、むしろ怖かった。

「今はどこにいるの？」

「学生時代の友達のマンションに厄介になってる。離婚の話もしたよ。僕の意思が固まっていることもちゃんと言った」

「そしたら、奥さんは何て？」

「具体的な話し合いはこれからだけど」

美月はもう一度、朔也に顔を向けた。ふたりの関係は、ずっと足踏み状態が続いていた。それに満足していたわけではないがこんなに急に話が進展してしまうと、逆に戸惑ってしまう。そんな美月に、朔也が少し落胆したような目を向けた。

「何だか拍子抜けだな、もっと喜んでくれると思ってたのに」

美月は慌てて首を振った。

「喜んでるに決まってるじゃない。こういう日をずっと待ってたんだもの。ただ、びっくりしちゃって、だってあまりに急だから。この間まで、朔也ったらそんなことぜんぜん言ってなかったでしょう。どうしてなの？　どうして急に家を出ようと思ったの？」

　朔也はスコッチの水割りのグラスを口にした。

「美月、この間の週末、軽井沢旅行に出掛けただろう」

　ドキリと心臓が鳴った。

「夜、何度か電話をしたんだけど繋《つな》がらなかった」

「あれは、たまたま受信状態がよくなくて……」

「高校の時の友達と一緒だってことは聞いていた。それなのに、何だか落ち着かなかった。もし、美月が僕ではない男と一緒だったら、と想像したら、いてもたってもいられなくなった。その時、痛切に思ったんだ。僕には美月のいない人生なんて考えられないって」

「朔也……」

　鼻の奥が痛くなったかと思うと、自分でも驚くほどぽろぽろと涙が零《こぼ》れ落ちた。

「大丈夫？」

「だって、嬉《うれ》しくて」

「待たせて本当にごめん。これからきちんとするから。もう美月を悲しませるようなことはしないから」

朔也の腕が美月の肩を引き寄せる。

幸せだった。今まで経験したことのないような、身体《からだ》のすべてが熱くなる幸福感に包まれていた。それと同時に、決して口にはできないが「ごめんなさい」と胸の中で何度も呟《つぶや》いた。朔也と友章を天秤《てんびん》にかけるようなことをして、本当にごめんなさい。

ずっと不安だった。朔也を信じたくても、どこかで世の中の不倫のセオリー通り、結局は家庭に戻ってゆくのではないかという疑いを捨て切れずにいた。そして、朔也に去られた後の、ひとりぼっちの自分を想像するだけで身震いしてしまいそうだった。自分の狡《ずる》さはよくわかっている。でも、そうせざるを得ないほど追い詰められていた。友章とは何もなかった。言い訳になるかもしれないけれど、最後のところで朔也を裏切ってはいない。だから、ごめんなさい。その分、これからもっともっと朔也に優しくするから。もう決して迷ったりしないから。だから、ごめんなさい。

「近いうちにアパートを借りるよ。あっちの生活費のこともあるから、小さい部屋しか借りられないけど」

そんなことは少しも問題ではなかった。朔也が妻と別居するというだけで、美月は十分に満足だった。

「だったら、家賃は私にも半分出させて」

美月は思わず口にしていた。

「いいよ、そんなの」

朔也が驚いたように首を振る。

「それくらいさせて。だって、そのアパートは朔也だけじゃなくて、私にとっても大切な場所になるんだもの」

朔也と抱き合う時はいつもラブホテルを使っていた。食事も外食ばかりだった。朔也には家庭があるし、美月も実家暮らしだから仕方ないと思っていた。けれど、いつも落ち着かなかった。時間を気にし、周りの目を窺《うかが》い、窮屈な思いをしてきた。ふたりの部屋があれば、と、何度想像しただろう。

「私ね、ずっと朔也にお料理を作ってあげたかったの」

朔也は目を細めた。

「僕も、ずっと美月の手料理を食べたかったんだ」

美月はあまりの幸せに、身も心も溶けてしまいそうな気がした。


週末、早速ふたりでアパートを探しに出掛けた。朔也の住む中野や、美月の暮らす目黒とは遠く位置する地区を考えて、結局豊洲《とよす》を選んだ。駅前の不動産屋に入り、何件か物件を見せてもらった。どうせ長く住むわけじゃない。朔也の離婚が成立して、正式に結婚すれば、もっとそれらしい部屋に引っ越すことができる。それまでのつなぎのようなものなのだから、美月も贅沢《ぜいたく》を言うつもりはない。

「ここ、どうかな」

駅から徒歩十分。学生が住むような1Kの部屋だ。家賃は七万三千円。キッチンもバストイレも収納もおもちゃみたいに小さいが、日当たりがよく、窓から川が見下ろせて、かすかに海の匂《にお》いがする。

「いいんじゃない?」

「じゃあ決めようか」

翌日には、不動産屋と契約を交わした。敷金と礼金は半分、美月が出した。朔也は「僕が何とかする」と言ってくれたが、美月は自分でそうしたいと思った。もう、朔也から「してもらうこと」ばかりを望んでいる立場ではない。恋人なら、それもいいだろう。してもらうことが、愛されている証《あかし》のように思えただろう。でも、自分たちは恋人という関係よりもっと深い絆《きずな》で結ばれたのだ。正式な夫婦ではないけれど、これからはふたり支え合って生きてゆくことになる。「してもらうこと」ばかり考えているのは子供の恋だ。「してあげられること」を胸に抱くようになってこそ、大人の愛と言えるはずだ。

それから半月ばかり。

こんな楽しいことがあったなんて、と美月は驚くばかりの毎日だ。朔也とふたり、ベッドを選んだり、シーツやカバーを揃《そろ》えたり、窓のカーテンを悩んだりすること。お揃いのコーヒーカップ、色違いの歯ブラシ、真っ白なタオル、茶碗にお椀《わん》、夫婦箸《めおとばし》。ずっと実家暮らしだったせいもあり、そういった買い物を朔也とすることが、とてつもなく新鮮だった。

そして何より、朔也と同じ鍵《かぎ》を持つということ。この鍵は、ただ単に部屋の鍵というだけではない。自分と朔也の心をつなぐ鍵でもあるのだと実感する。

その部屋で、初めて朔也と愛し合った時、美月は今まで味わったことのない興奮と快感を得た。満ち足りるというのは、きっとこんなことなのだろう。身体だけでなく、心までも溶け合うようなセックスだ。そう、セックスは身体でなく、心でするものだと初めてわかる。

「最近、週末となると出掛けるのね」

母が意味ありげな言い方をした。

「そう?」

美月はさらりと聞き流して、玄関に向かった。土曜日の午前中、まだ朝ごはんも食べていない。昨日の夜も、アパートで朔也と一緒に過ごした。本当は泊まりたかったのだが、ここのところ外泊が続いたので、仕方なく帰って来た。

「ついこの間まで、土日は家でごろごろしてばかりいたのに」

母が玄関まで付いて来た。美月は下駄箱からパンプスを取り出す。

「友達と映画に行くの」

「いい人がいるなら、家に連れてらっしゃいよ」

母の言葉に、美月は返事に詰まりながら、適当にはぐらかした。

「いたらね」

「あなたももういい年なんだから、そろそろそういうことも考えなくちゃ。お父さんも心配してるのよ」

「はいはい、じゃあ行って来ます」

「夕飯は？」

「いらない」

外に出て、美月はひとつため息をついた。朔也のことは、いずれ両親にも紹介する時がくる。けれど、それは離婚が成立してからだ。もし今、美月が妻ある男と付き合っていると知れたら、頭が固い両親は激怒するだろう。そんな不道徳は許せないと、端《はな》から反対するに決まっている。だからこそ慎重に事を運ばなければならない。

そんなことを考えながらも、駅に向かう足取りは、自分でも笑ってしまうくらい弾《はず》んでいた。

朔也はきっとまだ寝ているだろう。アパートに着いたら、すぐにコーヒーを淹れてあげよう。朝食は生ハムとクリームチーズのオープンサンド、それにヨーグルト。それを窓の下を流れる川を眺めながら食べる。そして日がな一日、身体をくっつけ合って、のんびり過ごすのだ。

もう、お洒落《しやれ》なレストランも、ロマンチックなホテルもいらない。こうして週末、朝から晩まで朔也と一緒にいられるのだから。


会社では、順子の結婚が知れ渡り、みんなから祝福の声を掛けられていた。

「おめでとう」とか「相手はどういう人？」とか「結婚しても仕事は続けるの？」などと、洗面所でも社員食堂でも、女性たちから質問が飛んでいる。それに順子は幸福な笑顔を浮かべながら「ありがとう」とか「商社マンよ」とか「彼の海外赴任があるから、辞めることになりそう」などと余裕の表情で答えている。

私たちの時はどうなるのだろう。

朔也が離婚して、私と結婚することがわかったら、みんなはどんな顔をするだろう。順子に対するように「おめでとう」の言葉を掛けてくれるだろうか。やはり、不倫の末の略奪婚ということにされてしまうだろうか。今、一緒にランチをしている同僚も、可愛がってくれている先輩や上司も、そんな目で見るようになるのだろうか。

できるなら、順子のようにみんなの祝福を受けたい。その思いはあるが、たとえその願いが叶《かな》わなかったとしてもそれはそれで仕方ない。私はもう、自分にとっていちばん大切なものが何なのか、わかっている。だから、たとえ誰からも祝福されなかったとしても平気でいられる。朔也さえいてくれたらそれでいい。

愛の力は偉大だ。

かつての、泣き虫で、我儘《わがまま》で、人の目ばかりを気にしていた私と、今の私はぜんぜん違う人間のような気がする。


けれども、さすがにその電話を受けた時には、美月は背中に氷を落とされたような気持ちになった。

「私、森津の家内です。近々、お会いできませんか」

いつかこんな日が来ることはわかっていた。逃げようなんて思ってはいない。いや、むしろ、きちんと自分の気持ちを話さなければならないという義務感のような思いにかられていた。それでも携帯を持つ手は震えていた。

「わかりました。いつがいいですか」

堂々と答えたつもりだったが、声も少し掠れていた。

3

連絡したのは、散々迷って決心したことだった。

矢野美月という女性と会おう。会って、話をしよう。朔也が言った「大切な人」がどんな女なのか知っておきたい。それは、妻として当然の権利に思えた。

彼女の名前と電話番号を知ったのは、朔也が家を出てゆく前、メールを盗み見したからだ。そんなことをするのは初めてだった。料理教室で知り合った主婦たちは「時々、こっそり見てるわよ」と言っていたが、夫婦だってプライバシーはある。自分が覗《のぞ》かれることを考えれば、そんなことなどとてもできないと思っていた。

でも、今となったら、格好つけたことなど言わずに、もっと早く覗いておけばよかったと思う。そうしたら、こんなことになる前に、手を打てたかもしれない。

メールを開くと、特別な相手だとわかる文面がたくさん残っていた。ある意味、朔也らしい無防備さだった。

英利子はひとつずつ読んでゆく。

彼女からのメール。

〈また、ふたりで行こうね、あのレストラン。すごくおいしかった〉

〈わがまま言ってごめんなさい。私、朔也のこと信じてるから〉

〈ゆうべはすごく幸せだった〉

そして、朔也のメール。

〈どうしても、美月に飲ませたいワインがあるんだ〉

〈ごめん。もうつらい思いはさせないから〉

〈あんなの幸せと呼べないくらい、これからもっと幸せにするよ〉

怒りと失望がないまぜになって、携帯を持つ手が冷たくなった。これが現実だった。それを認めるしかなかった。朔也はこの美月という女性と恋をし、英利子と別れて、新しい人生を始めたいと考えている。

ただ、こう思う自分もいた。

朔也はとても生真面目《きまじめ》なところがある。彼女とそうなった以上、責任を取らなければと思い込んでいるのかもしれない。でも、彼女の方はわからない。今時の若い女性なら、結婚願望など薄くて、ただの遊びと考えているかもしれない。

すると、そうに違いないという気になってきた。きっとそうだ、朔也は彼女に都合よく扱われているだけなのだ。それはそれで、腹立たしさに変わりはないが、だからこそ会わなければと思った。会って、彼女の真意を確かめなければ、本当のところはわからない。

そうして、決心して彼女に電話を入れたというのに……声を聞いたとたん、英利子は瞬《また》く間に不安になった。相手は期待していた印象とはまったく違っていた。それほど彼女は、緊張し、戸惑い、言葉少なに、けれども、不思議なことにとても感じよく受け答えた。

「わかりました。いつがいいですか」

そこに、ひとつの決意のようなものが感じられた。


藤島玲子のところでは、自分でも不思議なくらい、冷静に仕事をした。むしろ、仕事をしている間だけはすべてを忘れることができた。五時になって、玲子から「お疲れさま」と言われるのが怖いくらいだった。

後はもう帰るしかない。あの誰もいない部屋に。

そう思うと、電車に乗った時から、気持ちが鬱々《うつうつ》と沈んでしまう。朔也が出て行ってから、あの部屋はまるで酸素がなくなった水の中のようだ。息をするのさえ苦しくて、何度もため息を繰り返してしまう。

部屋に着いたのは六時過ぎ。わずかな、もしかしたら朔也が帰っているかもしれないという期待は、またもや砕かれてしまった。

部屋に入っても、ただ、ぼんやりソファに座るだけだ。何もする気が起きない。食事を作る元気もない。食べる気力もない。テレビをつけるのも、着替えるのも、面倒くさい。洗濯物がたまっていようが、部屋に埃《ほこり》が積もっていようが関係ない。すべてがどうでもいいことに思えてしまう。

この部屋には、結婚と同時に住み始めた。朔也と英利子の四年間の記憶がそのまま詰まっている。喧嘩もしたが、とろけるような幸福も味わった。このソファで、テレビを観ながらふたりで笑い転げたこともある。時には、そのままセックスをしたこともある。でも今、朔也はここにいない。朔也は帰りが遅く、ひとりで部屋にいることなどしょっちゅうだった。なのに、質はぜんぜん違っている。ここにいない朔也は、だからこそ、逆に朔也の存在を色濃く浮かび上がらせている。

朔也がいないという現実を、この部屋に帰って来るたび、英利子は確認させられる。そして、いないのは今だけでなく、もしかしたら永遠であるかもしれないのだ。

その週の土曜日、午後二時。

英利子は彼女と待ち合わせた銀座のホテルのラウンジに向かった。

喫茶店やティールームは、テーブルの間隔が狭いことが多く、話が隣の席に聞こえてしまう懸念がある。もしかしたら、話の途中、不意に彼女が泣き出したり、大声を上げたりすることがあるかもしれない。いや、彼女というより自分に自信がなかった。周りから好奇の眼で見られるのだけは避けたかった。いろいろ考えて、選んだ場所だった。

向かう途中、英利子は何度も地下鉄のガラス窓や、通りのショーウィンドウに映る自分を確かめた。化粧は崩れていないだろうか。髪が乱れていないだろうか。服は少し地味過ぎたのではないだろうか。どうでもいいことばかりが気になってしまう。

本当はもっと別のこと――彼女は本気で朔也と結婚したいと思っているのか、妻である私に対して何を思っているのか、どうしたら別れてくれるのか――それらを、頭の中で整理しなければならないのに、どうにも考えはまとまらない。結局、上滑りの気持ちを抱えたまま、ラウンジに足を踏み入れた。

すぐに、奥の席で立ち上がる姿があった。胸の鼓動を抑えながら、英利子は彼女に近づいた。そして、目の前に立ち、思わず言っていた。

「あなた……」

「はい、以前、お目にかかりました。矢野です」

彼女は伏し目がちに頭を下げた。朔也の従兄弟《いとこ》の結婚式に、新婦の友人として出席していた。パーティ会場で会って、同じ会社で働いているとか、そんなふうに自己紹介したはずである。

彼女は、英利子を見て何を思っただろう。何の疑いもなく、朔也の隣にのほほんと立っている姿を笑っていたのではないだろうか。

「どうぞ座ってください」

英利子は彼女を促した。

「ありがとうございます。失礼します」

彼女は礼儀正しく言い、腰を下ろした。こうして向き合ってみると、改めて「若い」と思った。肌も髪も瑞々《みずみず》しさに溢《あふ》れている。それだけで追い詰められた気持ちになり、英利子は手元に視線を落とした。その時ふと、小指のマニキュアが剝《は》がれているのに気がついた。英利子はたまらない気持ちになって、ぎゅっと手を結んだ。

何から話していいのかわからない。糸口が見つからない。それでも、連絡を入れたのは英利子であり、ましてや妻という立場だ。自分から口火を切るしかないだろう。注文したコーヒーが運ばれて来て、ようやく英利子は口を開いた。

「今更、形式的な話をするつもりはありません。朔也から話は聞いています。まず、あなたはどうしたいのか、それを聞かせてくれませんか」

彼女は膝《ひざ》の上で手を重ねている。十本とも美しくマニキュアが塗られていた。

「英利子さんには、申し訳ないと思っています」

掠れた声で言った。名前を言われて、いっそう現実味が増した。

「それは、朔也と別れるということですか」

彼女が顔を上げた。

「どうか、私と朔也さんを結婚させてください」

英利子はコーヒーを口にした。今更ながら、彼女もまた本気だったことに衝撃を受けていた。

「朔也は、私と結婚してるんです」

落ち着いた口調で答え、それから続けた。

「自分が何を言っているのか、わかっているんですか。あなたはひとつの家庭を壊そうとしているんですよ」

彼女は俯《うつむ》いたまま、けれども意思のある声で言った。

「わかっています」

「そんな簡単にはいきません」

「でも、私たち、愛し合っているんです」

一瞬、すべてが止まったような気がした。それほどストレートで、凶器のような言葉に、英利子は打ちのめされていた。自分のいちばん愛する男が、別の女と愛し合っている。それを今、女の口から宣言されている。みじめだった。自分が何の意味も持たない存在のように思えた。

「何度も別れようとしました。世の中には独身男性もいっぱいいるんだからって、自分を説得しようとしました。私なりに、ものすごく悩んだし、苦しみもしました。でも、だからこそ、わかったんです。私には朔也さんしかいないんです」

これは何なのだろう。どうしてこんなことを妻である私が言われなくてはならないのだろう。

英利子は口調を改めた。

「意地悪に聞こえるかもしれませんけど、それですべてが解決できるなら、世の中には家庭裁判所も離婚調停もいらないわ」

さすがに彼女は黙った。

「あなたが自分の望みを叶えるには、それ相応のリスクも背負わなければなりません。その覚悟はできているのかしら」

「わかっています」

「もし、離婚となったら、私は朔也から慰謝料をもらいます。誰かから借りてでも払ってもらいます。その権利が私にはあるはずです。もちろん、あなたからも慰謝料をいただくことになります」

「はい」

「それでも構わないと?」

「それで、別れてくださるのなら」

「あなたのご両親にも、すべてお話しすることになっても？」

さすがに動揺したらしく、彼女は唇を震わせた。

「それも仕方ないと思っています」

それから、彼女は顔を上げ、まっすぐに英利子を見た。

「私には朔也さんしかいないんです。朔也さんのいない人生なんて考えられないんです。お願いです。朔也さんと別れてください。朔也さんを私にください」

その言葉を聞いて、全身から力が抜けた。

「そう、わかったわ」

どうしてこんなことを言ってしまったのか、英利子は自分でも驚いていた。

朔也と離婚したくない。本当は、頭を下げてでも別れて欲しいと言うつもりだった。けれども、ここまで言う彼女を目の前にして、自分に残された道はもうひとつしかないように思えた。すっかり心の離れてしまった朔也にすがるようなみっともない真似《まね》をしてはいけない。そんなことをしたら、自分を支えてくれる最後のプライドさえも崩れ去ってしまう。

もし、朔也とこの女を別れさせることに成功したとしても、自分たちは元に戻れるだろうか。何もなかったように一緒に暮らして、ごはんを食べたり、笑い合ったり、ベッドで一緒に眠ったり、時にはセックスしたり、そんなことができるだろうか。

私はきっといつも思ってしまう。

私を裏切ったくせに。何でもないような顔をして、若い女の子と度を越すような恋をしたくせに。

「とにかく」英利子は言った。

「あなたの気持ちはよくわかりました。後は朔也とふたりで話し合います」

それから、すべてを打ち切るように、英利子はバッグを手にし、伝票を持って席から立ち上がった。

4

美月は朔也と夕食を共にしていた。

メニューはバジリコパスタとチキンサラダ。ワインはオーストラリアの若いもの。デザートにはチョコレートムースを用意してある。料理は得意な方ではないが、朔也のためだと思うと一生懸命さが違ってくる。いつもはレトルトで済ますソースも、にんにくを刻むところから始めた。

「おいしい？」

美月はテーブル越しに朔也の顔を覗き込んだ。

「うん、おいしいよ」

「よかった」

朔也の妻、英利子は料理がとてもうまいと聞いている。有名な料理教室に通っていて、今ではそこで秘書の仕事をしているという。だからこそ負けられない、という思いもあった。

「今度は何を作ろうかな。ニョッキなんかどう？　グラタンという手もあるけど」

するとと意外な返事があった。

「和食がいいな」

美月は顔を向けた。

「煮魚や筑前煮《ちくぜんに》や茶碗蒸し、家ではやっぱりそういうものが食べたいな」

驚いた。朔也と食事をする時はイタリアンかフレンチが多い。だからずっと、洋食党なのだろうと思っていた。

「和食なんだ……」

もしかしたら、朔也は無理して私に合わせてくれていたのだろうか。正直言って、和食に自信はない。すきやきとかしゃぶしゃぶとか、親子丼とか肉じゃがとか、作れるのはそれくらいだ。そんな美月の思いを察したかのように、朔也は慌てて付け加えた。

「ニョッキもいいね。食べてみたいよ」

「無理しなくてもいいの」

「美月の作ってくれる料理なら何でもおいしいよ。愛情のこもり方が違う」

「だって、和食がいいんでしょ」

「バカだなぁ、僕は何も料理を作ってもらうために美月と一緒になるわけじゃないんだから」

瞬く間に、美月は幸せに包まれる。愛とはそういうものだ。何を食べるかではなく、ふたりで食べることに意味があるのだ。

「これから勉強する。おいしい和食を作れるようになるまで、しばらく待ってね」

美月は朔也のグラスにワインを注ぎ足した。朔也はもう目の周りをうっすら赤く染めている。外ではいつも強いのに、家ではすぐに酔ってしまう。それだけリラックスしているのだろう。

この和やかな時間を、このまま続けたい気持ちはやまやまだが、美月には言わねばならないことがあった。

「あのね、朔也」

「うん」

「英利子さんと会ったの」

朔也は一瞬、フォークを持つ手を止めた。それからしばらく逡巡《しゅんじゅん》するように口を噤《つぐ》み、静かな口調で呟いた。

「いつ？」

「昨日」

「そうか……で、何を言われた？」

何と答えようか、美月は少し考えた。告げ口するようなことはしたくない。そんなことをしたら、女の意地悪と取られてしまうかもしれない。でも、朔也を徹底的に味方につけておきたいという思いもある。朔也の胸の中に、もしかしたらまだ残っているかもしれない英利子への思いを、この際、すべて消してしまいたい。

「やっぱり、きついことを言われた」

「どんなこと？」

「たとえば、それ相応のリスクを背負う覚悟はあるのか、とか……」

「リスクか」

「あのね、英利子さん、朔也だけでなく私にも慰謝料を請求するって」

「まさか」

朔也ははっとしたように顔を上げ、しばらく黙った。

「それにね、私の両親にもすべて打ち明けるって」

「そんなことを、本当に彼女が……」

「ええ」

しかし、次に朔也の口から出た言葉は意外なものだった。

「彼女はそんな女じゃないよ」

美月は朔也の顔を見直した。

「あいつの性格はよく知ってる」

怒り出すとばかり思っていたので、美月は面食らっていた。

「でも、はっきりそう言ったのよ」

「そんなことを口走ってしまうくらい、彼女が追い詰められているってことだよ。考えてみれば当然だよ。こんな形で一方的に僕に出て行かれたんだから、平常心でいられるわけがない」

きついことを言われたのは美月なのに、どうして朔也が英利子を庇《かば》うようなことを言うのだろう。

「私だってずっと我慢してきたのよ」

口調が硬くなった。

「こんなにも待ったんだから」

「美月には悪かったと思ってる。だからもうそんな思いはさせない。僕が必ず守ると約束する。ただ、こうなった以上、次に僕たちがしなければならないのは、彼女の辛《つら》さを受け止めることだと思うんだ」

美月は口を噤んだ。確かにそうかもしれない。他人の夫を自分のものにしようとしているのだ、それくらいは当然だろう。それでも、朔也に言われると悲しかった。何があっても朔也からは優しい労《いたわ》りの言葉が欲しかった。

「慰謝料のことも含めて、彼女にはできるだけのことはするつもりでいる。僕たちだけが幸せになればいいってわけにはいかないよ。彼女にも、ちゃんと幸せになってもらいたいんだ」

朔也は誠実な男だ。こうして別れる妻への思いやりも忘れないのだから。もしこれが、自分とは何の関係もない男の発言なら、きっと感動しただろう。でも、朔也は違う。朔也はもう私のものだ。

「じゃあ、離婚が成立しても、英利子さんが幸せにならない限り、私たちは結婚できないの？」

美月は皮肉を込めて言った。

「僕だって早く美月と結婚したい。それはもう明日にでもそうしたいくらいだ。でも彼女にしたら、離婚してすぐ僕に結婚されるのはたまらないと思うんだ。立ち直るまで待ってやるぐらいの配慮はしてもいいと思う」

美月は思わず聞いた。

「それは、いつ？」

「いつって、そうだな」

「半年？　それとも一年？　もしかしたら、もっと？」

朔也は口元に笑みを浮かべた。

「どうしたんだ、美月。何をそんなに焦ってるんだ。僕たちの気持ちはもう決まってるんだ。少しぐらい時間をかけたってどうってことないよ。今はこうして、ふたりで部屋も借りて、好きに会うこともできるようになったんだ。僕はそれだけで満足してるよ」

朔也はそうかもしれない。でも私は違う。朔也の離婚が成立したら、その翌日にでも婚姻届を出したい。なりたいのは恋人同士じゃない。

こんな私は身勝手だろうか。他人の夫を奪い取る女は、もっと謙虚な気持ちを持たなければならないのだろうか。


今日、神田順子が華々しく寿退社していった。

課長から花束と、紅白の水引が付いた熨斗袋《のしぶくろ》が渡され、課員の「おめでとう」「幸せにね」という拍手に包まれて、順子はうっすら目に涙をためながら、頭を下げた。

「お世話になりました」

その姿からは、幸福のオーラが放たれていた。早く私もこんなふうにみんなに見送られたい、と美月は切に思う。しかし、もし朔也が離婚してすぐに美月と結婚すれば、社内不倫を公言するようなものだ。誰だって心の底から祝うには躊躇《ちゅうちょ》してしまうに違いない。そのことを考えても、やはり朔也が言うように、ある程度の時間というものが必要なのかもしれない。

年が明けたというのに、気持ちが晴れない日々が続いた。

会社にいても、仕事に身が入らない。つい、ぼんやりと考え事をしてしまう。朔也の言いたいことはわかっている。朔也は、美月をもう自分側の存在だと考えている。だからこその言葉だったのだと理解もできる。

でも、美月の気持ちはすっきりしないままだ。こうなった今も、自分が英利子の後回しにされているような気がする。

ずっとずっと待たされてきた。羨《うらや》む気持ちを抑えつつ、友達や同僚の結婚も見てきた。親からのプレッシャーにも耐えた。それでもなお、待つしかないのだろうか。

もやもやしたものを抱えつつ、美月は仲のよかった大学時代の友人に電話を入れた。さすがにマリとは話しづらい。友人は二年前に結婚している。

「あ、私」

「あら、久しぶり。元気だったあ?」

友人の声が懐かしい。

「何だか急にお喋《しゃべ》りがしたくなって」

「そうなんだ」

「最近どう? お正月なんかどうしてたの?」

そこまで言ったところで、遠慮がちに友人が言葉を遮った。

「ごめん、美月。今ちょっと夕飯の用意をしてるんだ」

美月は黙った。

「今度またゆっくり聞くから。だから、今日のところはごめんね」

慌てて明るい声で返した。

「ううん、いいのよ。こっちこそ急に電話してごめん。じゃあまた」

電話を切って、息を吐き出した。

夕飯ぐらい、いいじゃない。久しぶりに友達が電話を掛けてきたんだから、真剣に聞いてくれてもいいじゃない。ちゃんと結婚してるんだから、少しぐらい夕飯が遅れたってどうってことないじゃない。

やっぱり結婚したら、友達よりもダンナの方が優先順位が上になるのだろうか。結婚したら女友達なんて終わりよ。と、聞くけれど、本当なのだろうか。美月はすっかりぬるくなってしまったカプチーノをすすった。

相変わらず、疑問や不満ややるせなさが背中にぴたりと張り付いている。朔也は離婚を決意し、家まで出たのだ。美月のことを愛してくれているのもわかっている。それなのに……いったいこんな気持ちをどう処理すればいいのだろう。

簡単なことだった。こんな時こそ、朔也に「大丈夫だよ」と言ってもらいたいのだ。「愛してる」とも「僕がついてる」とも。そうすれば、きっとすぐに落ち着ける。

美月は朔也にメールを送った。

〈今から仕事を抜け出せない？〉

三分もたたないうちに、直接電話が掛かってきた。

「どうした？」

美月は甘えた声で言った。

「どうもしないけど、顔が見たくなったの。三十分くらいでいいから、会えないかな」

しかし、朔也の返事はあっさりしたものだった。

「今はちょっと無理だな」

「もっと遅い時間ならいいの？　だったら、アパートで待ってようか」

「どうした、週末になればゆっくり会えるだろう。その時じゃ駄目なのか？」

「そんなことないけど」

「じゃあ、そうしよう」

「……うん、わかった」

電話を切って、美月はガラス窓の向こうに広がる街を眺めた。

我儘《わがまま》を言っていることはわかっている。でも、女にはどうしても「今」であって欲しい時というのがある。そして、美月のささやかな不安を、ちゃんと解消して欲しいのだ。もちろん、こうなったのは恋以上に関係を深めた証だとわかっている。それでも、思う。

どうしてこんなに寂しいのだろう。

5

「どうしたんですか、今日はいつもとちょっと感じが違いますね」

石川友章に言われ、英利子は顔を向けた。代官山のティールームである。近々、藤島玲子が引き受ける広告の打ち合わせが終わったところだった。

「そうかな」

英利子は資料をバッグの中に入れながら、少し慌てていた。気をつけていたのに、やはり顔や態度に出てしまったのかもしれない。

「何かありました？」

「ううん、別に」

「じゃあ今夜、飯でもどうですか。燻製《くんせい》のおいしい店を見つけたんです。いつもお世話になってる森津さんを案内したいなって」

「ありがとう。でも、ちょっと用事があるの」

「えー、残念だなぁ」

友章は、苦笑してしまうほど落胆の表情を見せた。

「その用事、何時頃に終わるんですか。少しぐらい遅くなっても僕は構わないですけど」

「そうね……」

「八時とか、九時とか？」

英利子は改めて友章を見た。それから、肩から力が抜けるような思いで答えた。

「時間はよくわからないの。離婚の話で夫と会うから」

友章は呆気《あっけ》に取られたような顔をし、慌てて頭を下げた。

「すみません。そんな大事な用とは知らずに呑気《のんき》なことを言って」

「ううん、いいのよ。もう離婚は決まっているんだもの。あとは事務的な話をするだけ」

言いながら、英利子はあの時のことを思い出していた。

朔也にマンションを出て行かれた日に、今日と同じように打ち合わせがあった。その最中、うまく感情をコントロールできなくなって、不覚にも友章の前で泣いてしまったのだ。その時、詳しくではないが、事情を話している。聞かされる友章にしたらいい迷惑だったろうが、喪失感と不安で胸が張り裂けそうだった英利子にとっては、聞いてもらうだけでどれほど気持ちが落ち着いただろう。

「森津さんはそれでいいんですか？」

言われて、英利子は改めて友章を見た。

「いいも何も、もうそうするしかないの。気持ちの離れてしまった夫にすがりつくなんてみっともないことはしたくないから」

「でも、意地や見栄《みえ》で応じちゃいけないと思うな。よく考えて、納得して結論を出さなくちゃ」

「今の私は、むしろ、そういう意地や見栄を味方にするしかないと思ってる。それが必要な時ってあるんじゃないかな。あなたにしたら、バカげてると思うだろうけど」

「いや、そんなことは……」

しばらく友章は黙ったものの、不意に顔を上げた。

「連絡待っていいですか？」

「え？」

「何時になっても構いません。ご主人との話が済んだら、僕に連絡をください。そういう時、ひとりでいちゃいけないと思う。僕なんか何の役にも立たないだろうけど、話し相手ぐらいにはなれるはずです」

「そんなこと……」

「とにかく、電話だけでも入れてください。でないと心配で眠れません」

胸が熱くなった。仕事での付き合いしかない友章に、そこまで気遣ってもらうことに戸惑いはあったが、優しさが身に沁《し》みた。いや、正直言って有難かった。もっと言えば心強くさえ感じた。

「連絡、くれますよね」

英利子は頷いていた。


夜七時。

前に美月と会った時と同じ銀座のホテルのラウンジで、英利子は朔也と向かい合っていた。周りの客は、幸せそうなカップルばかりだ。少なくとも英利子にはそう見えてしまう。自分たちの席だけ、ダウンライトがワントーン落ちているような気がする。ふたりともコーヒーを注文した。

「久しぶりだね、どうしてた？」

朔也の言葉にすでに傷ついている自分がいる。

どうしてた？　ですって？

朔也から「大切な人がいる」と言われ、マンションを出て行かれ、離婚を告げられた私に「どうしてた？」ですって？　よくそんなことが。

でも、おくびにも出さず、英利子は答えた。

「普通よ」

「そうか」

朔也がコーヒーカップに視線を落とした。

「この間、美月さんと会ったわ」

「うん、聞いた」

「可愛い人ね」

「まだ子供みたいなところがあるから」

英利子は心《しん》から呆《あき》れてしまう。可愛いというのは、英利子の精一杯の皮肉である。なのに、それに気づかずまともに受け取る朔也。ましてや、子供みたいなところがあるなんて、そんなのは女の得意技ではないか。朔也はそんなこともわからないほど、女を知らなかったのだろうか。

「勝手なことを言っているのはよくわかっているよ。英利子の条件はできる限り叶えるつもりでいるから」

朔也の言葉に、離婚以外選択の余地がないことがわかる。それでも、もう一度聞いてみる。

「もし、私が離婚しないと言ったら？」

朔也はしばらく黙った。

「待つよ」

「待つって？」

「英利子が納得するまで、僕はいつまでも待つつもりだ」

「朔也はそれでいいかもしれないけど、美月さんはどうかしら」

「彼女も理解してくれてる」

「そんなわけないじゃない」思わず口から出ていた。

「美月さんは、今すぐにでも結婚したいと思ってる。この間、私にはっきり言ったもの。朔也と結婚させてくださいって」

また、朔也は黙る。

「私が一生別れないと言ったら、美月さんどうするかしら。一生、朔也を待ってくれるかしら」

「待ってくれるよ、彼女は」

バカね。

英利子は胸の中で呟いた。そんな女がこの世にいるわけがない。情熱はいつか冷める。今は「愛さえあれば」と思っていても、少しずつ頭の中に損得計算が浮かんでくる。こんな宙ぶらりんの状態のままで、自分は幸せになれるのだろうかと不安が募る。周りの友人たちが結婚し、子供を産んでゆく姿を見れば尚更《なおさら》だ。女は取り残されてゆくことをいちばん怖《おそ》れる生き物だ。

「あの時……」英利子は呟いた。

「私たち教会で誓い合ったわよね、永遠の愛っていうの」

朔也は膝に視線を落としたままだ。

「こんな日が来るなんて思ってもみなかった。誓いなんて、何の役にも立たないものなのね」

その皮肉も朔也には通じなかったらしい。

「すべての責任は僕にある」と、まじめな顔で言った。

「ねえ、朔也。あなたは自分が悪者になればいいと思っているの？　でもそれは違う。私が悪くないのに、朔也が私から離れてゆくより、私に悪いところがいっぱいあって、だから我慢できなくなって美月さんに気持ちがいったという方がむしろ救われるのよ。それ、わかる？」

「そうなのか……」

と、朔也は呟いたが、きっと理解はできないだろうと、英利子は思った。四年、一緒に暮らした。付き合った期間も含めれば六年になる。お互いのことは、よくわかっているつもりだった。でもこの六年、私は朔也の何を、そして朔也は私の何を見ていたのだろう。

ただひとつわかったのは、私たちはもう元には戻れないということだ。

「別れましょう」英利子は言った。

「いいのか」朔也が問う。

「もう、それしかないでしょう」

「そうか、ありがとう」

背中が硬くなる。お礼なんて言わないで、と叫びたくなる。

「今後のことだけど」

「うん、わかってる」

「私も生活があるし……仕事といっても、パート程度のものだし、マンションだって替わらなくちゃならないだろうし」

「前にも言ったけれど、できるだけのことはするから」

「その言葉、信じてるから」

信じられるのは、もうそれだけだ。

「お互い条件に合意できたら、離婚届に判を押します」

「そうか」

「じゃあ、話はこれで終わりね」

重い身体と心を奮い立たせるようにして、英利子は席を立った。

「英利子」

朔也が呼びかけたが、それは条件反射のようなものだろう。目が合うと、朔也は言葉を詰まらせた。

「なに？」

「いや……元気で」

「朔也もね」

その場にしゃがみ込んでしまいそうになる自分を奮い立たせながら、英利子は出口に向かって歩いて行った。

「森津さん、大丈夫ですか」

店に入って来るなり、友章は席に駆け寄って、英利子の顔を覗き込んだ。

「もちろん平気よ」

英利子は笑って答えた。すでにワインをボトル半分以上飲んでいて、酔っていることは自覚していた。朔也と別れてから、銀座の街を三十分ほどあてどなく歩き回った。目についたカフェ・バーに入り、赤ワインを一本注文した。それをひと口飲んで、携帯電話を取り出し、友章に連絡を入れたのだ。

「二十分で行きます」と、電話口で言った通りに友章は現れ「よかった」とほっとしたように英利子の向かいの席に腰を下ろし、ビールを注文した。

「私が泣き崩れているとでも思った？」

「まさか……いや、実はちょっと思ってました。だって話が話でしょう。そりゃあ、やっぱりショックだろうなって。でも、森津さんは強いな」

「本当に悲しい時は涙も出ないって言うけれど、わかるような気がする」

友章は困ったように黙り、運ばれてきたビールを口にした。

「それで、決着はついたんですか」

「ええ」

「意地と見栄が味方になってくれました？」

「そうね、半分ぐらいは」

「条件的なことは？」

「それはこれから」

「友人に弁護士がいます。必要ならいつでも紹介しますよ。具体的な話は、第三者を通した方がスムーズに進むって言いますから。本人同士だと、やっぱり感情が先に出てしまうらしいです」

それはよくわかる。朔也とまた顔を合わせ、身も蓋《ふた》もなく慰謝料の金額などを口にする自分を考えただけでうんざりだ。そんなエネルギーはもうない。

「その時はお願いするかも」

「任せておいてください」

それから友章は、彼らしい明るさで、必死に英利子を盛り上げてくれた。

「世の中、離婚なんて珍しいことじゃないですからね。何しろ、年間三十万組に届く勢いなんだから。また次の相手を探せばいいだけですよ。森津さん、きれいだし、これからバリバリ恋愛すればいいじゃないですか。バツイチの女性って、男から見るとものすごく魅力的だからなぁ」

お世辞とわかっていても、今夜はそんなありきたりの言葉が嬉しい。

酔うにつれ、気分はどんどんハイになっていった。英利子はよく笑い、よく喋った。今はただ、余計なことは考えず、この時間を楽しく過ごしたかった。

バーを出た時にはもう終電も終わっていて、タクシー乗り場へ向かってふたりで歩いた。

すとんと闇《やみ》に呑《の》み込まれるように、不意に、気持ちが急速に冷えてゆくのを感じた。今からマンションへ帰るのが辛かった。朔也との暮らしが、残骸《ざんがい》となっているあの部屋のドアを開けたくなかった。

「ありがとう、ここでいい」

英利子は足を止めた。

「え、でも、タクシー乗り場はまだ先だし」

「私、今夜はどこかホテルに泊まるから」

意図など何もなかった。ただ、本当に帰りたくなかっただけだ。

「だったら、僕も一緒に泊まっていいですか」

思いがけない言葉が返ってきた。

「今、森津さんをひとりにしておけない」

立ち止まったまま、友章が英利子を見つめている。

何か言わなければと言葉を探したが見つからなかった。驚きはあったが、唐突には思えなかった。英利子はまっすぐに友章を見つめ返した。今夜は理由も理屈も考えるのはやめようと思った。ひとりでいたくない、一緒にいて欲しい。それが英利子の本心だった。

「行こう」

友章の手が、英利子の指に絡まった。

6

「昨日、弁護士から連絡があったよ」

朔也の表情は沈んでいる。土曜の夜。美月が作った夕食の並ぶテーブルを、ふたりで囲んでいる。美月は顔を向けた。

「弁護士?」

「彼女が間に立てたんだ。確かに、こんな話は第三者に入ってもらった方がスムーズに進むんだろうけど、まさか弁護士が出てくるとはね」

「それで、何て?」

「慰謝料を二百万、要求された」

やっぱり……美月は胸の中で呟いた。妻として当然の権利かもしれないが、美月の胸には冷たいものが広がっていた。それはきっと現実の温度なのだろう。

「払えるの？」

「何とかするさ」

慰謝料として二百万が高いのか安いのか、美月にはわからない。それでも、それで離婚が成立すると思えば、ほっとする。

「お金のことはいいんだ。それよりも他に面倒なことがある」

「面倒って？」

「まずは両親に話さなくちゃならない。それから仲人の部長にも」

「……そうね」

美月は手元に視線を落とした。道のりはまだ遠そうだ。でも、ここで美月が落ち込んだ表情を見せたら、朔也の気持ちも沈んだものになるだろう。

「私にできることがあったら何でも言って」

その言葉に、朔也は目を細める。

「大丈夫さ、何とかするから」

それでも、美月はどこか不安な気持ちを拭《ぬぐ》えずにいた。

「また、出掛けるの？」

玄関先で母が渋い顔をしている。

「お付き合いしてる人がいるなら、うちに連れてらっしゃいって言ってるでしょう」

美月は母の目を見ないでパンプスに足を滑り込ませる。母の声に不安が混ざった。

「美月、まさか私やお父さんに紹介できないような人とお付き合いしてるんじゃないでしょうね」

「そんなことあるわけないじゃない。じゃ、行って来ます」

殊更《ことさら》明るく言って、美月は玄関を飛び出した。

もうすぐだから、もうすぐ朔也は独身に戻る。そうしたら堂々と紹介するから、だから、もう少し待って。声にならない声で、美月は母に言い訳した。


「親父もお袋も、離婚と聞いて、さすがに驚いてた」

今夜も朔也のアパートで一緒に夕食を食べている。週末はどこにも出掛けず、ほとんどここで過ごすようになっている。以前は、ふたりで外に出ることが楽しかった。でも、今はどこにも行きたくない。朔也の部屋で料理をしたり、掃除をしたりすることが何より楽しい。

「反対されなかった？」

「親父は、他に方法がないのか、なんて言ってたけど、お袋は意外と冷静だったよ。早めに間違いだと気づいてよかったのかも、なんて言ったくらいだ」

「そう」

「もともと、お袋と彼女は相性がよくなかったんだ」

朔也の両親はどんな人だろう。マリの結婚式でちらっと見掛けたが、ごく普通の優しそうな人たちだった。いつか義父母になる人である。自分とは相性の合う相手であって欲しい。

「部長には？」

「うん、昨日報告した。驚いていたけど、ふたりで出した結論なら仕方ないだろうって」

それにも安堵《あんど》する。しかし、もうひとつある。

「慰謝料の件はどうなったの？」

「要求通り、二百万、払うことにした」

「そんな大金あるの？」

「実は、半分は両親から借りるんだ。そういうことはしたくなかったんだけど、でないと金は作れないし、貯まるまで待っていたら離婚も先延ばしになってしまうからね」

親から借りてでも離婚を成立させようとする朔也に、美月は胸が痛くなる。

「ごめんね、私のために」

朔也は首を振る。

「そうじゃない、僕のためさ。僕が美月と一緒になりたいから借りた金だ。美月が負担に思うことはないんだ」

「朔也……」

「美月は何も心配しなくていい。こうして僕のそばにいてくれればいいんだから」

この優しさだけを信じよう。これから何か辛いことがあったとしても、この優しさは決して忘れないでおこう、と美月は心に誓っていた。

それから三日ほどして、会社に電話が入った。

「矢野美月さんでいらっしゃいますか？」

てきぱきした女性の声が耳に届いた。

「はい、そうですが」

「私は弁護士の木村由紀子《きむらゆきこ》と申します。森津英利子さんの代理人として、ご連絡を差し上げました」

聞いたとたん、緊張が走った。

「それでご用件は」

「慰謝料のことでお話ししたいことがあります。直接お会いしたいのですが、時間を取っていただけますか」

言葉に詰まった。確かに以前、英利子から「あなたからも慰謝料をもらう」と、宣言された。朔也は「彼女はそんな女じゃない」と言ったが、やはりそれで済むわけにはいかないのだろう。朔也に請求したように、私にも二百万円だろうか。まさか、それ以上の金額なんてことは。そんなお金はとてもないが、かといって逃げるわけにもいかない。

美月は呼吸を整え、答えた。

「わかりました。今日、仕事が終わってからでもいいですか」

「もちろんです。場所はどこにしましょう。指定していただければどこにでも参ります」

迷った。あまり人目につきたくない、人に聞かれたくない。そんな美月の胸のうちを察したように弁護士は提案した。

「もし、よろしければ、私の事務所ではいかがですか」

その方が美月も安心だ。

「では、そうさせてください」

「場所をご説明しますね」

美月は慌ててペンとメモを手にした。

事務所は紀尾井町《きおいちょう》にあった。退社後、美月はメモを手にして住所を確認し、ビルに入ってその中の一室をノックした。

「どうぞ」

　思いがけず若い女性が現れた。三十代半ばといったところだろうか。中年の杓子《しやくし》定規な人物を想像していたので意外な気がした。フレームのない眼鏡をかけ、化粧っ気もないが、どこか柔らかな印象を与える人である。

「わざわざご足労いただき申し訳ありません。さあ、こちらにどうぞ」

　案内されるまま、ソファに腰を下ろした。

「失礼します」

「コーヒーを淹れますね」

「お構いなく」

　言いながら、美月は部屋の中を見回した。二十畳ばかりのワンルーム。窓側に大きな机があり、手前に普通サイズの机がふたつ並んでいる。あとはパソコンとコピー機とキャビネット、ごく普通の事務所といった感じだ。ただ、壁の棚には六法全書が威圧的に並んでいる。

　弁護士がコーヒーを持ってやって来た。

「どうぞ」

「すみません」

　美月はぎこちなく頭を下げた。

「そんなに緊張することはありませんから」

と、弁護士は和やかに笑ったが、リラックスなどできるはずもない。いやな話は早く済ませてしまいたい。

「とにかく慰謝料のことを聞かせてください」

性急に美月は言った。

「はい、ではそうしましょう」

弁護士はあっさり頷き、机からファイルを持って来た。

「森津英利子さんから、矢野美月さんへの慰謝料請求の申し立てがありました。理由については、もうご承知のことと思いますから、省略させていただきますね」

「はい……」

「で、請求金額ですが」

美月は緊張した。いったいいくらなのだろう。自分に払える額だろうか。大金を請求されたらどうしよう。ローンを組むなんてできるのだろうか。

「二万一千円です」

「え……？」

「二万一千円……？」

美月は惚けたように弁護士に顔を向けた。

「ええ、そうです。請求通りにお支払いいただければ話は簡単ですが、もし異議があるようでしたら、裁判を起こすことも」

「ちょっと待ってください」

美月は慌てて遮った。

「はい」

「何かの間違いじゃないですか？」

「間違いと言いますと？」

「だって、慰謝料が二万一千円なんて、そんな少ないわけないじゃないですか」

「でも、森津英利子さんは確かにその額を請求していらっしゃいます」

美月の頭は混乱した。いったいどうしてこんな金額なのだ。この弁護士は私をからかっているのだろうか。弁護士が眼鏡をはずし、美月に笑いかけた。

「驚かれるのも無理はないと思います。正直言って、私も森津さんから聞いた時は驚きました。こういう状況の場合、百万くらい請求して当然です。そのことも申し上げましたが、森津さんはそれでいいっておっしゃいました」

「どうして……」

「その二万一千円はネイルにかかった金額だそうです」

「ネイル？」

「矢野さん、森津さんとお会いになったんですってね」

「はい」

「その時、森津さん、矢野さんのきれいにマニキュアが塗られた爪《つめ》を見て、自分の負けを認める気になったらしいんです」

美月は面食らいながら答えた。

「まさか、そんな」

「そんなこともあるんでしょうね、決心がつく時というのは。それで翌日にネイルサロンに行って、すべて塗り直してもらったそうです。だから、それにかかった費用、二万一千円をいただきたいというわけです」

そう言われても、美月はまだ狐《きつね》につままれたような気持ちだ。こんなことで本当に話がつくのだろうか。これは単なる前ふりで、この後に何かもっと面倒事が控えているのではないだろうか。訝《いぶか》しげな思いに揺れていると、弁護士はすべて承知しているように続けた。

「きっと森津さんはあなたを恨みたくないんでしょう。恨むのは夫ひとりでいいと言ってらっしゃいました。でも、あなたのことも、何もしないで受け入れるのも気持ちが収まらない。それで考えた末に、二万一千円になったわけです」

美月は膝に視線を落とした。

「どうでしょう、お支払いいただけませんか」

それは英利子の優しさなのか、心意気なのか、意地なのか。安くてよかった、などと、簡単に安堵できないものがあった。いっそのこと、法外なお金を請求された方が得心できたかもしれない。そうしたら、少なくとも英利子に後ろめたさを持たずに済んだろう。それが二万一千円だなんて。一生かけても返しきれない借りを作ってしまったような気がした。

「はい、それでよろしくお願いします」

美月はうなだれたまま、頷いた。


毎日が坦々《たんたん》と過ぎていった。

会社ではいつものように仕事をし、ランチでは同僚とお喋りし、帰りはウィンドウショッピングしながら駅に向かった。自分の中に、大きな秘密や、期待や、人生の岐路があろうとも、世の中はそれとは関係なく動いている。最近、美月は思う。今まで、自分だけが特別な恋の中で生きているような気がしていた。でも、きっとすれ違う誰にも、密《ひそ》やかにドラマが展開されているに違いない。


それから一か月後、朔也と英利子の離婚が成立した。

第3章

1

ついに離婚してしまった。

それしか道はなかったとはいえ、朔也に去られた現実は、やはり英利子に手痛い傷を残していた。あの子との幸せのために、どうして自分が犠牲にならなければいけないのか。その思いが消えたわけではない。これからも消えるとは思えない。それでも、前に進むしかない。確かなのはそれだけだ。

広島の両親には電話で伝えた。

「そんな、英利子、離婚なんて……」

「あんたの我慢が足りんのんじゃないね」

両親は驚いて、何度も修復するようしつこく言った。結婚の時、親戚《しんせき》を招いて大々的に披露宴をした手前、面子《メンツ》が立たないという思いもあるのだろう。

（だって、朔也に恋人ができて、そっちに行ってしまったんだから仕方ないじゃない）

と言ってしまえば、話は簡単かもしれない。でも、きっとこうなる。

「だから早く子供を作ればよかったんよ」

「おまえが至らんかったんじゃないんか」

両親の落胆はわかるし、申し訳ない気持ちも十分にある。でもこれ以上、誰からも傷つけられる言葉を浴びせられたくなかった。

「ふたりで決めたことだから」

頑《かたく》なに、そう言うしかなかった。


藤島玲子に報告すると、思いのほか、あっさりした反応が返ってきた。

「あら、そうなの。それは大変だったわね」

ちょっと拍子抜けしてしまった。もっと興味津々に事情を探られるかと思ったからだ。以前、夫婦喧嘩《げんか》をした時、玲子からアドバイスをもらったことがある。

——夫婦も早めのメンテナンスを心がけないとね。それが長続きさせるコツ。

結局、それも無駄になってしまった。玲子は内心、呆《あき》れているのかもしれない。

「これから、いっそう頑張りますので、よろしくお願いします」

英利子は神妙な面持ちで頭を下げた。

「こちらこそ、よろしくね」

しかし、正直なところ、不安はある。この秘書の仕事だけで生活を成り立たせられるか、ということだ。所詮《しょせん》は時給千二百円のアルバイトである。以前のように、朔也の給料があり、それプラスアルファの感覚で働いていた時とは事情が違う。車を売ったお金と、自分の預金を合わせて百五十万円ほどあり、それと二百万の慰謝料で、しばらくは何とかなるだろうが、引っ越しなどにかかる費用もバカにならないはずだ。ざっと頭で計算してみても、どれだけ倹約しても二年先には底をついてしまいそうだ。それまでに、何とか生活の基盤を整えなければならない。けれど、そんなことが本当にできるのだろうか。

それでも、ひと月後に、英利子は中野のマンションを引き払い、恵比寿《えびす》の1DKに引っ越した。マンションが想像以上に値下がりしていて、ローンと相殺でゼロになったのはショックだったが仕方ない。新しい部屋は繁華街に近い、いかにも独身用といった感じの、四・五畳のDKに八畳の部屋がついたマンションである。ユニットバスだし、ベランダも小さい。それでも、今の自分にはこんな場所が似合いに思えた。家族が住むにふさわしい、閑静な住宅街の中に建つような部屋には住みたくなかった。そんなところに越したら、きっと必要以上に孤独を噛《か》み締めることになると思えた。

中野の部屋にあるものは、好きにして構わないと言われたが、持ってゆくには冷蔵庫もテレビも大き過ぎる。洗濯機も、かつてこの中で自分のパジャマと朔也のTシャツが一緒に回っていたことを考えると、続けて使う気にはなれなかった。結局、リサイクルショップに回し、同じところで、小さめのものを揃《そろ》えた。

そのすべてに、力を貸してくれたのが友章だった。弁護士を紹介してくれたことから始まって、部屋探しも、引っ越しも、リサイクルショップとの値段交渉まで、友章は面倒な顔ひとつせず引き受けてくれた。

そして今夜、友章とふたり、英利子の新しいマンションの近くにあるイタリアンレストランで食事をしている。

「じゃあ、森津さんの新しい門出を祝して」

友章がグラスを持ち上げた。

「あのね」

英利子は友章に目を向けた。

「え？」

「私はもう森津じゃないの」

「あ、そうか」

「旧姓の宮永《みやなが》になりました」

「宮永英利子。うん、その苗字《みようじ》の方が似合ってる。でも、また間違えそうだから、これからは名前で呼ばせてもらっていいですか」

　ちょっとドキリとする。

「ええ」

「じゃあ、英利子さんの門出を祝して、乾杯」

　グラスが重ね合わされた。

「本当に、いろいろありがとう。石川さんには感謝してます」

「やだな、改まって」

「だって」

「いいんですよ、困った時はおたがいさまなんだから」

　友章は屈託なく笑っている。

　あの時――朔也との離婚を決めた日、英利子の元に友章は駆けつけてくれた。そして、思いがけずホテルで共に夜を過ごすことになった。もし、友章がいなかったら、自分はもっとみじめになっていただろう。朔也から見離されたという孤独に打ちのめされていただろう。ある意味、狡《ずる》い方法かもしれないが、友章とベッドに入ったことで「私だってひとりじゃない」という自信のようなものを得ることができた。それが何よりも英利子を救ってくれたように思う。

「立ち入ったことを聞くけれど」

友章の言葉に、英利子は我に返った。

「何?」

「これから先、藤島先生の秘書の仕事だけで大丈夫ですか?」

「大丈夫って?」

「生活できるかってことです」

英利子はワインを口にして、曖昧《あいまい》に答えた。

「確かに、ちょっと難しいかなって気はしてるんだけど」

「やっぱり」

「でも、今の仕事は楽しいし、辞めるつもりはないの。落ち着いたら、他にもうひとつアルバイトでもしようかって考えてる」

「どんな?」

「それはまだ決めてないけど」

「藤島先生は、ちょっとエキセントリックなところがあるでしょう」

「それは、まあ」

確かに、秘書の仕事をするようになってから、料理教室の生徒だった時は見たこともない不機嫌な表情や、アシスタントを叱《しか》り飛ばす姿も何度か目にしたことがある。

「英利子さんの前の秘書も、ちょっとしたミスが原因であっさりクビにしたっていうし」

「そうなの？」

先生からは「急に辞められて困っている」と言われたのを覚えている。もし、そんなことが自分にも起こったらどうしよう。それこそ路頭に迷うことになる。

「すみません、変なこと言って。英利子さんは先生に気に入られているからそんなことにはなりませんよ。とにかく、今夜は楽しくやりましょう」

「ええ、そうね」

英利子も、今は友章との時間を楽しみたかった。

ふたりで食べて、飲んで、お喋《しゃべ》りをしていると気持ちが晴れた。気がつくと十一時近くになっていた。

「ああ、もうこんな時間だ」

「ほんとね」

答えながら、別のことを考えている自分がいる。

友章はこの後どうするつもりだろう。わかっている。あの時、あんなことになってしまったけれど、恋とか愛とか、そういうのとは違う。私たちは付き合っているわけじゃない。でも、もし友章がそのつもりでいたら……帰りに部屋に寄りたいと言ったら……。

店を出ると、友章が言った。

「じゃあ僕、電車で帰りますから」

英利子は慌てて笑顔を作った。

「今夜はありがとう。すっかりご馳走《ちそう》になってしまって」

「いいんですよ。また飲みましょう。おやすみなさい」

友章は拍子抜けするほどあっさりと帰って行った。それにほっとしつつも、物足りなく思っている自分もいる。英利子はそんな思いを振り切るように、足早に歩き始めた。

朝、起きるのは七時半。

リモコンでテレビのスイッチを入れ、しばらくモーニングショーを観る。それからコーヒーメーカーをセットして、シャワーを浴びる。上がったら、濡《ぬ》れた髪を乾かしながら、淹《い》れたてのコーヒーを飲む。

以前には考えられなかった。朝はいつも、朔也を送り出すまでバタバタし通しだった。勤め始めてからは、洗濯も掃除も家を出る前に片付けてしまいたくて、お化粧も五分で済ませていた。

今は、追われることがまったくない。引っ越しして、仕事場も近くなったので、九時半に家を出れば間に合う。忙しくなければ、五時には帰れる。

その後はすべて自分の時間だ。駅ビルでウィンドウショッピングをして、本屋に寄って立ち読みし、レンタルビデオ屋でＤＶＤを借りる。最近はアクションものに凝っている。誰にも邪魔されない。夕食の準備も必要ない。姑《しゅうとめ》の長電話に付き合わされることもない。

それでも時々、孤独に泣きたくなる瞬間がある。ひとりが、ひどく重荷に感じられてしまう。でも、それと同じくらい、自由を満喫している。今は半分ずつで、揺れている。たぶん、こうして少しずつ一人暮らしに慣れてゆくのだろう。

「えっ、離婚したの？」

向かいの席で、悦子が絶句した。

「うん、そうなの」

悦子と会うのは久しぶりだ。本心を言えば、あまり会いたくなかったのだが、いつまでも隠しておくのも気がひけた。いつかはわかることだし、それなら自分の口から話そうという気になった。それだけ、気持ちも落ち着いたということなのかもしれない。

金曜日の夕方六時半。以前、悦子と一緒に来たことがある四ツ谷駅近くの和食屋である。人気があるらしく、どの席もカップルや女性グループで賑《にぎ》わっている。

「あんなに幸せそうだったのに、どうして？　原因は何なの？」

矢継ぎ早に質問が飛んだ。英利子は少し言い淀《よど》んだが、結局は正直に答えた。

「朔也に好きな人ができたの」

「何それ、不倫ってこと？」

「そういうこと」

悦子はしばらく黙った。何て言っていいのかわからないようだった。それから、長い長いため息をついた。

「そう、そういうことなの……」

「自分でも情けなくなる」

自虐的なセリフだと自覚しながら、その実、気持ちはそれほどみじめでもなかった。ここまで言ってしまったらもう格好をつけることもない、という思いが、むしろ気持ちを楽にしてくれた。

「というわけで、また独身に戻ったので、これからよろしく」

少しおどけて言うと、悦子も慌てて返した。

「うん、まあ、こちらこそよろしくというか……」

悦子のショックは大きいらしい。

「ねえ、それで生活はどうするの？」

「まだ、秘書を続けているから」

「じゃあ安心なのね」

「でもアルバイトだから、安心ってわけじゃないの。はっきり言って、そこがいちばん不安なところかな。今になると、よくあんな簡単に仕事を辞めちゃったなぁって思うわ。仕事さえ続けていれば、離婚しても経済的な苦労はしなくて済んだわけでしょう。結婚したら一生安泰みたいに錯覚してたのね。私、やっぱり子供だった」

「私だって、結婚相手に全面的に面倒みてもらいたいって願望があるわよ。俺に任せておけっていう人が現れたら、仕事なんかさっさと辞めてしまうかもしれない」

「それ、お勧めできない」

「うん、そうね、肝に銘じておく」

悦子は真剣な眼差《まなざ》しで頷《うなず》いた。それから、意地悪く見れば同情が含まれた、好意的に見れば友情のこもった目を向け「今夜はとことん飲もう」と言った。

2

これでようやく……。美月は胸の中で呟《つぶや》いた。これでようやく、朔也と結婚できる。

頭の中には、すでにいろんなスケジュールが広がっていた。

まずは両親に会ってもらおう。ここのところ何かと美月のことを心配している両親をとにかく安心させたい。それから朔也の両親に会おう。次に両家が顔を揃えて、結納と結婚式の日取りを決める。新婚旅行はやっぱり海外にしたい。ロンドンに一度行ってみたかったけれど、イタリアでもモナコでもいい。そうだ、まずは新居を探さなくては。広いバルコニーがあって、公園が近い場所がいい。家具や食器を揃えて、リネン類を選んで、ベッドカバーはカーテンとお揃いも素敵。

ああ、それよりもウエディングドレスだ。どんなタイプにしようか。マリはベアトップの裾《すそ》の長いドレスだった。私はシフォンをたっぷり使ったふんわりしたデザインがいい。真っ白より、少しクリームがかった柔らかい白にして、ブーケは白薔薇《しろばら》で、ベールにはティアラをつけて――。

「やっぱり時間をかけよう」と、朔也が言った。

週末、近所のショッピングセンターに、散歩がてら買い物に出掛けた時である。

美月は黙った。

「すぐに結婚となると、いろいろ面倒なことも起きると思うんだ」

美月は小さく頷く。わかっている。そんな簡単にいくわけがないことぐらい、子供ではないのだから美月にだって想像がつく。今この状態で結婚話を持ち出せば、双方の両親に、朔也がまだ結婚していた時から付き合っていたことがバレてしまう。できるなら、それは秘密にしておきたい。美月の父親が知れば激怒するだろう。朔也に対しても「結婚しているのに、うちの娘に手を出した信用のおけない男」とレッテルを貼《は》る。これから長い付き合いになるのだから、両親と気まずい関係になりたくない。たぶん朔也の両親も、美月に対して同じ気持ちを持つだろう。いくら前妻の英利子のことが気に入らなかったとしても、感情的にどこか割り切れないものを抱えてしまうに違いない。

会社も同じだ。下手《へた》をすれば、朔也の出世に影響が出るかもしれない。何しろ前の結婚は部長が仲人だったのだ。そんなことになっては困る。将来がかかっている。同僚たちもどう反応していいか困惑するだろう。どころか、冷ややかな視線を送られるかもしれない。自分たちがどんなに真剣な気持ちでいたとしても、周りからは所詮ありがちな『不倫』とひと括《くく》りにされてしまう可能性は大きい。

不倫。

何ていやな響きだろう。

昔、聞いたことがある。不倫していた女優の言葉だ。

「結婚している人を好きになったんじゃありません。好きになった人が、たまたま結婚していただけです」

あの時は、こんな言い訳もあるのだと、気楽に聞いていた。でも今はわかる。私だって朔也を好きになっただけだ。朔也が結婚しているかどうかなんて、そのことを考えた時にはもう、離れられなくなっていた。でも、周りがそれを理解してくれるとは限らない。

「わかってる」

できるだけ明るく言ったつもりだったが、声は掠《かす》れていた。

「どうせ、しばらくのことだから」

「どれくらい？」

「一年もすれば」

「そうね」

「世の中にはいろんな事情やしがらみがあるんだ、僕たちもそれくらい我慢しなくちゃ」

「うん」

朔也の言うことは正しいし、その通りだと美月も思う。

それでも、どこかでこう考えている自分もいる。

「家族も会社もどうでもいい。世間なんて関係ない。僕は今すぐ美月と結婚したい。もう一日だって待てない」

そんなふうに言って欲しい。そんな情熱を見せて欲しい。私を奪って、突っ走って、呆《あき》れさせて欲しい。そうしたら私の方から言えるのに。

「ねえ、結婚には時間をかけましょう」

久しぶりにマリと会った。中目黒のイタリアンレストランである。マリにはいずれきちんと説明しなければならないとわかっている。ただもう少し時間が欲しい。

結婚して、マリは少し太ったみたいだ。本人は気にしているようだが、美月には幸せの象徴のように見えた。

「それでどう？　新婚生活は」

「まあまあってとこかな」

マリはさっぱりした口調で言う。

「それだけ？」

「物足りない？」

「もっとべたべたに惚気《のろけ》られるかと思ってたのに」

「意外と淡々としたものよ」

「結婚前はあんなに盛り上がっていたじゃない」

「まあね」

今夜、ダンナ様は出張だそうだ。「とことん付き合える」と言っているし、実際、ワインを飲むペースもかなり早い。

「それより美月はどうなのよ。例の彼と」

「うん……」

「別れたの？」

「実は離婚が成立したの」

マリは驚いた顔つきでグラスを置いた。

「本当に？」

「まあ……」

「びっくり。だって、離婚って本当に大変だもの。しがらみの連続。家族でしょ、親戚でしょ、会社に友達関係、みんな巻き込むんだもの。彼、本気だったんだ」

「何だかんだ言ったって、奥さんのところに帰ってゆくと思ってた？」

「正直なところ、半分半分の確率かなって」

だからといってマリに抗議する気持ちにはなれなかった。美月にしたって、心のどこかで朔也を信じ切れなかった部分があったのだ。

「で、結婚するの？」

「少し先になるけど、いつかはね」

「ふうん」と、頷いてから、マリは改めて顔を向けた。

「こんなこと、私が言うのも何だけど」

「何？」

「結婚、焦らない方がいいと思う」

「焦ってなんかない」

即座に否定した。

「ごめん、焦るって言葉よくないわよね。いやだな、そういうことに無神経になっちゃって。私も独身の頃『焦ってる』と言われるのがあんなにいやだったのに」

それから小さくため息をついた。

「よく考えてから決めた方がいいって言いたかったの」

マリからそんなことを言われるなんて意外だった。その美月の気持ちを察したかのように、マリは続けた。

「結婚したばかりの私がこんなこと言うのもおかしいかもしれないけど」

「マリ、まさかダンナ様とうまくいってないとか」

「そんなことないわよ。ただね、結婚してから思うの、どうして私ったらあんなに結婚のことばかり考えていたんだろうって。何だか不思議な気がするの」

それからマリはワインをひと口飲んだ。

「私、結婚前、もしこのままひとりで生きてゆくとしたら人生どうなるんだろうって、すごく不安だった。それまではいろいろあるじゃない。受験するとか卒業するとか就職するとか、そんな段階があるから、人生にひとつひとつ区切りのようなものがつけてこられたと思うのね。でも、働き始めたら次の段階がわからないの。将来を想像しても、目の前に果てしない荒野が続いているような気分になるの。仕事に生きがいを見出《みいだ》すようなタイプでもなかったから、尚更《なおさら》だったんだろうけど」

美月はマリを見ている。いつも強気のマリから、こんな心のうちを聞かされるなんて思ってもいなくて、少し、面食らっていた。

「だからね、結婚するしかないと思ったわけよ。結婚して、これからダンナの出世とか、子供を産むとか、その子供をどこの学校に入れるとか、そんなことでひとつひとつ人生の区切りをつけてゆくしかないんだって」

「それが幸せって気もするけど」

「ある意味、幸せなんだろうけど」

マリはグラスのワインを飲み干した。

「だって、何のかの言ったって、マリは彼のことが好きだったから結婚したんでしょう」

「そうだけど」

「だったら、それでいいんじゃないの」

「それはそうなんだけど、手に入れて初めて、自分が欲しかったものは本当にこれだったのかって、疑問に思うこともあるじゃない」

「それ、私にしたら、結婚した者の余裕の発言に聞こえる」

「そうかなぁ。うん、もしかしたらそうなのかもね。結婚したからこそ、こんなことを考えるようになったわけだし。結婚してなかったら、今も『結婚、結婚』って目の色変えていただろうし」

美月は何となく釈然としない。今の自分を、遠回しに揶揄《やゆ》されているような気がする。

「あのね、結婚前は『結婚したらみんなOK』みたいに思ってたの。とりあえず『私の人生、これからどうなるの？』なんて、面倒なことは考えなくて済むだけでも気が楽って。でもね、やっぱりそうじゃないのよ。結婚しても思うのよ、私の人生どうなるのかなって。好きな男と結婚するだけで、人生って完結するわけじゃないのよね」

美月は黙った。マリの言っていることが、理解できるような気もするし、否定したくもあった。

「とりあえず、そのこと美月に言っておきたかったの」

それから「これから結婚する相手に言うセリフじゃないかもしれないけどさ」と、笑いながら言い添えた。

それからしばらくして、社員食堂でこんなことを言われた。

「矢野さん、この間の日曜日、豊洲にいませんでした？」

今年入ったばかりの後輩からだ。どきりと心臓が波打った。

「どうして？」

「ちらっと、タクシーの中から見かけたような……見間違いだったかなぁ」

後輩は言ったが、その目に疑いが色濃く滲《にじ》んでいるのを、美月は見逃しはしなかった。朔也と一緒にいるところを見られたのだろうか。確かにその日、ふたりでスーパーに買い物に行った。

離婚が成立してから、警戒心が薄らいでいた。それまでは、誰かに見られることがないよう細心の注意を払ってきた。ふたりで一緒に歩かない。会社の人が出入りする場所には近づかない。

けれども今はどこか気が緩んでいる。離婚したのだから、いつか結婚するのだから、そんな思いが気持ちをリラックスさせていた。

「見間違いよ」

「ですよね」

「だって日曜は母親と銀座に出てたもの」

と言ったが、美月は不安になった。噂《うわさ》というのはロッカー室や給湯室を介して、面白おかしい尾ひれがついて、あっと言う間に広がってゆく。

もし、朔也との関係が公になったら自分はどうなるのだろう。やはり陰口を叩《たた》かれるのだろうか。同僚は興味津々の目を向け、上司は渋い表情を向けるのだろうか。誰に知られたって構わない。人に何を言われても平気。そんな気持ちがないわけではない。けれど、朔也の立場や両親の思いを考えると、それは結局、自己満足でしかないとわかる。

おめでとう、と祝福の拍手に包まれ、花束を渡されて、満面の笑みを浮かべながらみんなに見送られる。そんな寿退社をするのが、やはりいちばんの結果に繋《つな》がるのだ。そのためにも、前にも増して慎重に行動しなければ。もう少しだから。たった一年。それで朔也と堂々と結婚できるのだから。

しかし、そんな矢先、美月は自分の身体《からだ》に起こっている変化に気がついた。

生理が二か月も来ていないのだ。もともと不順な体質ではあるが、二か月も遅れることはめったにない。

「まさか……」

ひとりで想像を巡らせていても、不安は拭《ぬぐ》えない。薬局で妊娠検査薬を買って来て、怖《おそ》る怖る試してみた。

赤紫のラインが浮かび上がった。陽性の印だった。

3

「あなた、いったいどういうつもりなの！」

藤島玲子は今まで見たこともない厳しい表情で、声高に言った。

英利子は面食らいながら、玲子の前に立ち、何度も瞬《まばた》きした。

「どうして余計なことを主人に話すのよ」

「余計なこと、と言いますと？」

「昨夜、私が食事する場所を教えたでしょう」

「あ、はい」

昨日、雑誌社との打ち合わせがあり、英利子も同行したのだが、六時過ぎに別れた。玲子が、その後、青山のSホテルのレストランで学生時代の友人と食事の約束がある、と言ったからだ。

帰路、玲子のご主人から携帯に連絡が入った。

「家内にちょっと用事があるんだが、携帯に繋がらないんだ。今夜はどんな予定になってる？」

と、聞かれて、そのまま答えた。

「青山のＳホテルで学生時代のお友達とお食事だそうです」

あれがいけなかったというのか。

「ぺらぺら喋るなんて、どういうことなの。主人、レストランに来たのよ。もう心臓が止まるかと思ったわ」

その時になって、ようやく気づいた。つまり、玲子は学生時代の友人と食事をしていたわけではなかったのだ。

「すみません」

英利子は頭を下げた。まさか、例の年下の恋人とのデートだったなんて、思ってもみなかった。

「たとえ夫婦の間でも、プライバシーってものがあるの。そんなこともわからないで、あなた、秘書なんかやれると思ってるの」

玲子の怒りは収まらない。アシスタントの女性が、ちらりと事務所に顔を覗《のぞ》かせたが、関《かか》わりたくないと思ったらしく、慌てて引っ込めた。事情がどうであれ、結果として玲子に迷惑をかけたのだから、秘書として言い訳などできるはずもない。

「本当に申し訳ありませんでした」

ただ、頭を下げるばかりだ。

「主人には何とかうまく言い訳したけど、これで弱みを握られてしまったわ。まったく、あなたが余計なことを言うから、とんでもないことになってしまったじゃないの」

思うに、以前からご主人も疑っていたのではないか。玲子は最近、大胆に恋人と電話やメールのやり取りをしていた。だから、きっと現場に踏み込むという強硬手段に出たに違いない——だが、もちろんそんなことなど口にできるはずもない。

「今後、気をつけます」

すると玲子はくるりと椅子《いす》を回転させて、英利子に背を向けた。

「もう、明日から来なくていいから」

「え」

英利子は惚《ほう》けたように顔を上げた。

「あなたみたいな人に、秘書なんて重要な仕事はもう任せられない」

「先生……」

「代わりはいくらでもいるの。教室の生徒に声を掛ければすぐにその気になってくれる。あの時のあなたみたいに」

「そんな」

声が震えた。

「だから、今日で辞めてちょうだい」

「そんなこと突然言われても」

それに玲子の言葉が重なった。

「だいたい、離婚するような人をここに置いておきたくないのよ。うちの料理教室はね、幸せな奥さまか、これから幸せな奥さまになろうという女性が対象なの。イメージが悪いでしょう、離婚した秘書なんて」

言葉が出なかった。


1DKの部屋の真ん中で、英利子はへたり込んでいた。まさかこんなことになるなんて、思ってもみなかった。離婚を決心できたのも、仕事という拠《よ》り所があったからだ。たとえ時給で働くアルバイトであっても、収入の道があるのは安心だったし、独身の頃には感じられなかった仕事を持つことのありがたみも感じられるようになっていた。それなのに、こんなにあっさりとクビを切られてしまうなんて。

英利子は頭を抱えた。これで収入の道はなくなった。いったい明日からどうすればいいのだろう。

それは身体を絞り上げられるような不安感だった。今まで感じたことのない、どっしりとした重量感のあるものだった。

今までも、受験の合否や、恋人との喧嘩や、親とのトラブル、面倒な人間関係、そんなさまざまな不安に苛《さいな》まれて、眠れない夜を過ごしたことがある。けれども、そんなものすべてがバカバカしく思えてしまうほど、それは英利子に重くのしかかった。

離婚さえしていなければ……。

ふと、呟きとも、嘆きともつきかねる言葉が口からこぼれた。

朔也とあのまま結婚生活を続けていれば、こんな不安に陥らなくても済んだはずだ。生活は単調だったかもしれないが、お給料はみんな渡してくれたし、食うに困る生活なんて考えたこともなかった。守られていたんだと、今更ながら実感する。そう、何だかんだ不満はあっても、結局、私は朔也に守ってもらっていたのだ。それなのに、どうして離婚なんかしてしまったのだろう。

働きになんか出ないで、専業主婦の暮らしを慎ましやかに送っていればよかった。お義母《かあ》さんの言う通り、もっと子供を作る努力をすればよかった。そうしたら、あんな若い女の子に奪《と》られることなく、今も朔也と……。いや、でも朔也はまだあの女の子と結婚したわけじゃない。復縁という道だってないわけじゃない。そのチャンスがあるなら、それでこの不安から解消されるなら――。

英利子は思わず携帯電話の入ったバッグに手を伸ばした。けれども指が届く前に、そんなことなどできるはずもないということを噛み締めていた。

もう朔也とは終わったのだ。離婚届に判子を押し、夫婦関係は解消されたのだ。それを自分に念を押すように、朔也に二百万という慰謝料を請求し、受け取った。今の不安から逃げ出すために、朔也を利用しようとするなんて浅ましい。みっともない。情けない。

実家に帰ろうか……。

その考えも、浮かんだ瞬間、消えていた。

故郷に帰って何をすればいいだろう。仕事がないのは東京と同じだ。父親や親戚のツテを頼りに何とか就職できたとしても、窮屈さが想像できる。狭い町の中で「出戻り」のレッテルを貼られ、近所のおばさんや、同級生たちの興味の目も鬱陶《うっとう》しいものだろう。

悦子に相談してみようか……。

けれども、それにも首を振った。この間、離婚の報告をした時「ひとりで頑張る」と口にした記憶がある。あれからさほど日もたっていないというのに、もう弱音を吐く自分を見せてしまうのは、あまりにも不甲斐《ふがい》ない。私にだって見栄《みえ》がある。痩《や》せ我慢だとしても、そこまで情けない自分は見せたくない。

だったら、友章に……。

最後に行き着いたのは、彼だった。友章なら力になってくれるかもしれない。けれども、正直なところ、友章に連絡するのが怖かった。今までいろいろと親切にしてくれたのは、英利子が藤島玲子の秘書だったから、という理由だったかもしれない。離婚の時に力になってくれたのも、今となれば、仕事の一環だったとも考えられる。秘書をクビになった英利子に、友章はどんな反応を見せるだろう。もし、厄介な話を持ち込んできたな、と、迷惑顔をされたら……それこそ二度と立ち直れないかもしれない。

英利子は同じ姿勢のまま、床にへたり込んでいる。

孤独だった。正真正銘、ひとりぼっちだった。頼れる人は誰もいない。私を気にかけてくれ、心配してくれ、手を差し伸べてくれる人はもう誰ひとりいない。

それから三日が過ぎた。

少しは気持ちも落ち着き、仕事を探す気も湧《わ》いてきた。コンビニで就職情報の雑誌を何冊も買い、部屋に戻って検討した。しかしどれもピンとこない。ピンとくるものは、年齢が引っ掛かったり、条件が合わなかったりした。

贅沢《ぜいたく》を言える立場でないことはわかっているが、生活費を稼ぐためだけの、その場しのぎの職に就《つ》く気にはなれなかった。できるなら、一生の仕事にできるような、やりがいを感じられるような、職業を選びたい。そして、これからは自分の足でしっかり立って生きてゆけるようになりたい。今は慰謝料もある。まったく食べられないわけではないのだから、納得できる仕事を見つけたい。

友章から電話が掛かってきた時、正直言って心底嬉《うれ》しかった。

「聞いたよ、いろいろ大変だったね。大丈夫？」

その柔らかい口調に、涙ぐみそうになり、英利子は慌てて明るい声を返した。

「大丈夫。もう気持ちも落ち着いたから」

「今夜、会える？」

「ええ」

「じゃ、前に行ったイタリアンレストランで七時に」

約束の時間通りに店に入ると、すでに友章は席にいて、ビールを飲んでいた。英利子に気がつくと、いつもの人懐っこい笑顔で手を上げた。

「よかった、元気そうで」

「いつまでも、落ち込んでいられないもの」

英利子は苦笑を交え、気にかけられていることの嬉しさを感じながら、友章の向かいに腰を下ろした。ビールを注文し、改めて乾杯する。久しぶりに飲むビールは少し苦かった。

「それで次の仕事のアテはあるの？」

「今、探しているところ」

「そうか」

「何をやりたいのか、まだ自分でもわからないの。やりたいことをやらなくちゃと思ってるんだけど」

友章はしばらく黙った後、目を向けた。

「あのね、生意気なことを言うようだけど、何がやりたいか、なんて考えるのは二十代までじゃないかな。三十歳を超えたら、自分に何ができるのか、が問題だと思う」

英利子は思わず顔を上げた。口調は優しくても、ずばりと核心を衝《つ》かれたような気がした。

「何ができるか……」

「うん」

どう答えていいかわからない。

「私にできることって何かしら」

「藤島先生の秘書の仕事をやってたじゃないか。プロデュースとマネージメントの能力はなかなかのものだと思うよ」

「そうかな」

「英利子さんならやれるんじゃないかな」

「でも、また秘書になろうと思っても、そう簡単に就職口なんか見つからない」

「はっきり言って、そうだと思う」

「でしょう」

「だったら、自分で始めるのはどう？」

「自分で？」

「今、女性起業家はたくさんいる」

英利子は目を丸くした。

「私が？　まさかそんなことできるはずがない」

「そうかな、やる気次第だと思うけれど」

友章の言葉に、つい英利子は黙った。

「こんな仕事をしていると、よく思うんだ。いいプロデュースとマネージメントがあれば、きっと世の中に出られるだろうなって人がたくさんいるってことを。以前、引っ越し会社に収納の巧みな人がいて、ひょんなことから雑誌に登場したら大人気になって、今やあっちこっちにひっぱりだこで、オリジナル収納グッズまで販売している人がいる。彼女も、ひとりでは何にもできなかっただろうけど、たまたま、いいマネージメント会社と巡り合ったから成功した。僕も、気になる人が何人かいるよ。ガーデニングや、ビーズ細工や、オリジナルぬいぐるみ製作や、服のリフォームの達人とかね。でも、うちの会社ではそんな人たちまで、正直言って面倒見切れない。でも、可能性を秘めた人を埋もれさせたままにしておくのはもったいない。今はインターネットやCS放送で通販の仕組みもかなり整ってるし、チャンスはあると思う。もちろん、リスクはまぬがれないけれど、それを気にしてたら前には進めないだろう。僕もできる限り協力する」

英利子は呆気《あつけ》に取られて、友章を見つめるばかりだ。

「どう、自分でマネージメント会社を興してみないか」

私が、まさか、そんなこと。

それから、ごくんと唾《つば》を呑《の》み込んだ。

4

「結婚しよう」と、朔也が言った。

美月はただ朔也を見つめている。

「どうした?」

「だって……本当に?」

「当たり前だろう。すぐ、結婚しよう」

みるみる涙が溢《あふ》れ出た。

「どうしたの」

朔也が驚いたように美月の顔を覗き込む。

「嬉しくて」

美月は指先で涙を拭った。

「バカだなぁ」

朔也は目を細め、その胸に美月を引き寄せた。

「幸せにするよ。身体を大事にして元気な子供を産んで欲しい」

「うん……」

後は言葉にならなかった。朔也のことは信じていたつもりだ。それでも「もし……」という思いがまったくなかったわけではない。もし、今回は諦《あきら》めて欲しい、と言われたら。もう少し落ち着いてから、状況が整ってから。今は、いいタイミングとは言えない。まだ離婚して間もないし、互いの両親にも話していない。会社の人間にもとやかく言われてしまう。チャンスはまだある。正式に結婚してから、それからだって遅くはない。

でも、朔也はそんなことは言わなかった。美月の信じた通りの、いやそれ以上の優しさで、妊娠を喜んでくれた。

「何はともあれ、美月の両親に挨拶《あいさつ》に行かなきゃな」

それから、朔也は少し不安そうな顔をした。

「きっと怒られるだろうな」

「そんなことない」

と、答えたものの、正直なところ、美月もそんな気持ちがないわけではない。

「でも、何を言われても仕方ないと思ってる。殴られても構わない。僕は美月と結婚する。その気持ちを正直に伝えるよ」

朔也の言葉にすべてを委《ゆだ》ねるしかなかった。


案の定、父は黙りこくったまま、口を開こうとしない。どころか、座卓の向こうで頭を下げる朔也を見ようともしない。

「お願いします。美月さんとの結婚を許してください」

それでも、父は不機嫌極まりない顔つきで腕を組み、目を閉じている。

「お父さん、お願い」

朔也の隣に座って、美月も同じように頭を下げる。もうこんな状態が二十分近くも続いている。簡単に許されるはずがない、ということは覚悟していた。それは朔也も同じだろう。それでも、話せばきっとわかってくれる、許してもらえる、と期待していた。

父は決してやみくもに頑固なタイプではない。冗談もよく言うし、話のわかるところもある。その父が、今、全身を鎧《よろい》のようにして朔也と美月を拒否している。そんな状況を見かねたように、母がやんわりと父に声を掛けた。

「あなた、仕方ないじゃないですか。もうふたりの気持ちは決まっているんですから」

三日前、母にはすべてを話している。母はさほど驚かなかった。小さくため息をついて、「こんなことになるんじゃないかと思ってたわ」と、呟いた。ここのところ続いていた、美月の週末ごとの外泊で、予測はついていたのかもしれない。ただ、朔也の離婚が成立したばかりだということには、さすがに眉《まゆ》を顰《ひそ》めた。

「じゃあ、相手の人がまだ結婚している時から付き合ってたの？」

「でも、彼はずっと別居してて、私たちが知り合った時にはもう離婚も決まってて、後は手続きだけって時だったの」

嘘《うそ》には違いないが、これくらいの脚色は許して欲しい。とにかく離婚は成立し、朔也は今、正真正銘の独身なのだ。

「でも、お父さんは何て言うかしら……」

母は美月の嘘など見抜いているかのように、長いため息をついた。

そして今、ここに黙ったままの父がいる。その向かいで、頭を下げる朔也と美月がいる。

「ねえ、あなた。納得できない気持ちはわかります。でも、もう美月も子供じゃないんですから、私たちがとやかく言ってもしょうがないでしょう。それに、今年の暮れには赤ちゃんも生まれて、この子も母親になるんですよ」

父の頬《ほお》がわずかに動いた。

「私たちにとって初孫じゃないですか」

それから一分ほどして、父はようやく口を開いた。

「君は」

「はい」

朔也が慌てて返事をする。

「美月と、生まれてくる子供を、必ず幸せにすると約束できるのか」

「約束します」

朔也が緊張した面持ちで答えた。ようやく、父の頬から力が抜けた。

娘なんて……と呟いてから、父はちらりと美月に目を向けた。

「持つもんじゃないな。いつかは他の誰かのものになってしまうんだから」

これが父の許しの言葉だった。

翌週には、戸塚に住む朔也の両親と会った。離婚したばかりということで、戸惑いは隠せないようだったが、妊娠を喜んでくれたのは有難かった。

「急なことで、最初は私たちもびっくりしたけど、跡継ぎができるのは本当に嬉しいわ。ねえ、お父さん」

客間の和室には明るい日差しが注ぎ、雰囲気も和やかだ。

「そうだな」

舅《しゅうと》となる人が目を細めた。無口だが、その分、穏やかな人柄が感じられた。面差しが朔也とよく似ていて、やはり父子《おやこ》だなと微笑《ほほえ》ましい気持ちになった。

「すぐに、美月さんのご両親にきちんとご挨拶に伺いますからね。大切なお嬢さんをいただくんだもの、筋を通さなくちゃ」

それから姑《しゅうとめ》となる人は姿勢を正して、深々と頭を下げた。

「頼りないところのある息子ですけど、どうぞよろしくお願いします」

美月は慌てて、畳に指をついた。

「こちらこそ、よろしくお願いします」

その夜は、朔也の母親の手料理でもてなされた。凝った料理ではないのだが、焼き物も煮物もどれもおいしい。朔也の和食好きがわかるような気がした。

「今度、味付けを教えてください」

美月の言葉に、姑となる人は嬉しそうに笑った。

「ええ、もちろんよ。嬉しいわ、そんな可愛《かわい》いこと言ってもらえるなんて。だって、前の嫁の英利子さんなんか、有名な料理学校に通ってるとかで、私が作るものなんて田舎《いなか》料理だってバカにして……」

「おい、お袋」

朔也がたしなめるように話に割って入った。

「あら、いけない、私ったら昔の話なんかして。ごめんなさいね、美月さん」

「いえ、いいんです」

確かに英利子の名前を聞くのはいい気分ではない。けれども、うまくいってなかったことには安堵《あんど》する。その分だけ、自分を可愛がってくれるように思える。

食事を終えた後、美月が台所で洗い物をしていると、朔也の母がやって来た。

「悪いわね、お任せしちゃって」

「そんなこと。こちらこそ、すっかりご馳走になってしまって申し訳ありません」

朔也の母が隣に立ち、洗った茶碗《ちゃわん》を拭《ふ》いてゆく。

「どう？　体調は」

「おかげ様で順調です」

「悪阻《つわり》は？」

「少し。お腹《なか》が空《す》くと気持ち悪くなって」

「私もそうだったわ。だから暇さえあれば食べてたのよ。朔也の時はどういうわけかメロンが食べたくてね。高いのを無理して買ってたの。もちろんお父さんには内緒でね」

姑がくすくす笑う。美月はいっそう親しい感覚を抱いた。

「私は甘栗なんです。何かもう、最近やたら甘栗が食べたくて。バッグに何袋も入ってるんです」

「それで、仕事はどうするの？」

「それは……辞めるしかないと思ってます」

「そうね、そうするしかないわよね」

みんなに祝福されての寿退社が夢だったが、それはもう諦めている。さすがに、離婚したばかりの朔也と結婚するとは、会社に言い出せない。どう考えても「不倫」の文字がついて回る——でも、それでもいい。朔也と結婚できるのだから、赤ちゃんを産めるのだから、それだけで十分だ。

「朔也のお給料だけで、マンションを借りて、美月さんと子供を養ってゆけるのかしら。心配だわ」

「落ち着いたら、私もまた仕事を探そうって思ってます」

「赤ちゃんはどうするの？」

「それは、実家の母にでも預けて」

「だったら、うちにいらっしゃいな」姑となる人は、あっさりと言った。

「赤ちゃんは、うちの大切な跡取りなんだもの、うちでちゃんと面倒を見てあげるから」

「あ、はい……」

「あのね、朔也に美月さんとのことを聞かされてから、ずっとお父さんと話してたの。この際、二世帯住宅に建て直すのはどうかって」

「二世帯住宅ですか……」

「朔也の通勤がちょっと大変になるかもしれないけれど、ご近所には毎日通勤しているご主人もいるのよ。もっと遠いところから通ってる人もいるじゃない。東京もいいけど、こっちの方が空気もきれいだし、安全だし、子育てにもいいと思うの」

黙っていると、朔也の母親が美月の顔を覗き込んだ。

「美月さん、同居はいやかしら」

「いえ、まさか、そんなこと」

美月は慌てて首を振る。

「ああ、よかった。じゃあ早速、工務店の人に相談しなくちゃ。赤ちゃんが生まれる頃には建っているようにしたいから、早くしないと間に合わない」

「あの、そのことは、朔也さんともいろいろ相談して……」

姑になる人は何度か瞬きし、それから短く息を吐いた。

「そう、そうよね。やだわ、私ったらひとりで先走りしちゃって。親の勝手な気持ちを押し付けるような真似《まね》をしちゃいけないわね。ごめんなさいね」

「いえ、そんなつもりじゃないんです」

「こんなこと言ったら、また朔也に叱られそうだけど、ほら、前のお嫁さんがね、私たちと一緒に暮らすなんて考えてもいない人だったでしょう。私たちもそろそろ年だし、何だか少し心細くもなってきちゃってね。だからつい。本当にごめんなさい」

姑になる人は、言葉通り心細そうに笑った。

私は朔也と結婚する。それは朔也の両親も含めて家族になるということだ。同居をいやがったり、相手の家族とは関わりたくないという女性もいるが、大切な人の、大切な家族は、私にだって大切な存在だ。このお姑さんとなら、きっとうまくいく。あんなに優しくて、思いやりのある朔也を育ててくれた人なのだ。私は英利子さんとは違う。違う形で、朔也と、そして生まれてくる子供と、幸せになりたい。

「二世帯住宅、朔也さんもきっと賛成してくれると思います」

「え……」

「一緒に暮らせたら、私も安心できます」

「美月さん……」

「お料理も子育ても、いろいろと教えてください」

「ええ、ええ、もちろんよ」

姑となる人は目を潤ませ、くしゃくしゃと相好《そうごう》を崩した。

会社に退職届を提出した。

「一身上の都合」という理由だが、上司は深く詮索《せんさく》するようなことはしなかった。「そうか、残念だけど仕方がないね。ご苦労さま」と、通り一遍の言葉があっただけだ。もしかしたら、美月が想像している以上に噂は広まっているのかもしれない。上司の耳にも、それとなく届いているのかもしれない。けれど、そのことは深く考えないようにした。女性社員がささやかな送別会を開いてくれたが、その時も、辞める理由は誰も聞かなかった。寂しくなるわ。元気でね。そんな言葉で送られた。

そして二か月後、身内だけのささやかな結婚式が行われた。

マリのような華やかな式は無理だが、ウエディングドレスを着て、教会の赤いカーペットの上を歩くことができた。少し目立ち始めたお腹を隠すため、スカートがふんわり広がったドレスを選んだ。結婚前はあんなにドレスにこだわっていたのに、もう執着する気持ちはなくなっていた。

嬉しかったのは、父と腕を組んで歩けたことだ。父は泣いていた。父の涙を初めて見た。

心配かけてごめんなさい。私、幸せになるから。これからいっぱい恩返しをするから。

朔也を愛してからいろんなことがあった。報われない恋と覚悟をつけたこともある。朔也の気持ちを疑ったことも、迷う思いから他の誰かに逃げ込もうとしたこともある。

でも、待ってよかった、信じてよかった、愛し続けてよかったと、今、心から思える。これから新しい人生が始まる。朔也と私と、生まれてくる子供と、温かな家庭を築くのだ。

美月は幸せだった。この時のために、きっと自分は今まで生きて来たに違いないと思えた。

第4章

1

あれから五年がたった——。

英利子は毎日を慌ただしく過ごしていた。今年、三十九歳になる。

会社名は『プリズム企画』という。ひとつの光から、何色もの色が生み出されることに掛けて名づけた。このプリズム企画から、さまざまな才能が広がって欲しいという、願望でもあった。

今、英利子の会社が関《かか》わっているのは、エターナルフラワー作家、ビーズ細工作家、帽子デザイナー、ネイルアーティスト、自然食研究家などだ。雑誌の取材を受けたり、企業広告に参加したり、通販に載せたり、講演会をセッティングしたり、講習会を開いたりする。その仲介役をしている。

彼らは一部では知られているが、全国的な規模となるとまだ無名に近く、当然ながら、ギャランティも少ない。正直なところ儲《もう》けも多くない。けれども、儲けることばかりを考えているわけでもなかった。世の中にはいろんな人がいる。さまざまな職種、それぞれの立場。そういう人たちと知り合い、少しずつネットを広げてゆく作業は楽しかった。

今日は、自然食研究家の講演会がある。料理本を出している出版社の依頼で、二百人ほどのホールを借り切っている。開演は午後一時半。しかし、少なくとも一時間前までには会場に到着したいと思い、英利子はバタバタと用意を整えていた。電話が鳴ったのはそんな時だ。

「はい、プリズム企画です」

「石川です」

友章の声が耳に届いた。

「こんにちは、いつもお世話になっています」

「今日、時間を取れないかな。ちょっと仕事で相談したいことがあるんだ」

「四時頃なら大丈夫です」

「よかった。じゃあ四時に、うちの会社の一階にあるティールームに来てもらってもいい？」

「わかりました。伺います」

「じゃあ、後で」

電話を切って、英利子は慌てて玄関に向かい、パンプスに足を滑り込ませた。

石川友章とは、今も、いい友人として、また頼りになる仕事相手としての関係が続いている。

離婚した直後は、はっきりとした形ではないけれど、恋愛らしき感情を抱いたことがあった。しかし、友章からは穏やかに拒否された。あの時は、まるで突き放されたような気がしたが、今はこれでよかったのだと思っている。結局は、孤独な気持ちを持て余して、恋の中に逃げ込もうとしていただけだ。たぶん、その気持ちを、英利子以上に友章が感じ取ったのだろう。

午後三時、講演会は無事終了し、自然食研究家を見送り、スポンサーやホールの支配人に挨拶をして、英利子はタクシーに乗り込んだ。地下鉄の方がずっと安上がりだし、時間も読めるが、タクシーの中は、英利子の臨時の事務所になってくれる。ここで、留守電に入ったメッセージを確認したり、掛け直したり、パソコンを開いてメールを見たり、返事を書いたりする。

会社といっても、従業員がいるわけではなく英利子ひとりだ。離婚して最初に住んだ1DKのマンションから、少し広めの1LDKに引っ越しし、LDKの部分を事務所として使っている。

机の上には書類やファイルやらが積み重なっていて、とても女性のひとり暮らしには見えない。寝室も、寝起きのままという状態だが、今の英利子は別に気にならない。どうせ部屋には寝に帰るだけのような生活だ。機能的なのがいちばんいいと思っている。結婚していた頃、あれだけ食器やリネン類に凝っていたのに、人は本当に変わるものだ。いずれは別に事務所を構えて、ひとりぐらい手伝ってくれる女性を入れたいのだが、今は自分の生活を維持するだけで精一杯だ。そんな余裕はとてもなかった。

四時前に約束のティールームに到着した。コーヒーを飲みながら、そこでも英利子はパソコンを広げた。帽子デザイナーに、テレビの手芸コーナー出演の依頼が来ているのだが、ギャラの点で折り合いがつかずにいる。やはりテレビ局側に合わせるしかないだろうか。出演すれば確かに知名度は高まるが、才能ある帽子デザイナーだから安売りはしたくない。難しいところだ。

「お待たせ」

頭上から声がして、英利子はパソコンから顔を上げた。

「あ、こんにちは」

「わざわざ来てもらって申し訳ない。仕事、うまくいってる？」

友章が椅子《いす》に腰を下ろし、コーヒーを注文した。

「おかげさまで。そうそう、先日は広告の写真にうちのビーズ作家の作品を推薦していただいて、ありがとうございました」

「ああ、あれね」

「本人もとても喜んでました」

「だったらよかった」

運ばれてきたコーヒーを、友章が口にする。

「それで、仕事の話って何でしょう？」

「うん、それなんだけど、ちょっと面白い話が僕のところに持ち込まれてきたんだ」

「面白い話？」

「藤島先生のこと、覚えてるだろう」

「もちろん」

英利子は即答した。忘れるわけがない。離婚して、これから自立するために必死に働かなければと思ってた矢先に、あっさりクビにされたのだ。

「実はその藤島先生から、英利子さんにマネージメントを頼めないかって、僕のところに相談があったんだ」

「私に？」

英利子は目を丸くした。

「藤島先生はあんなだろう、秘書に少しでも気に食わないところがあると、すぐ辞めさせる。だから秘書も代わってばかりで、ぜんぜん仕事がスムーズに運ばないんだ。この間も、陶器会社とコラボして、藤島玲子プロデュース食器セットを販売する予定だったのが、秘書と先生の行き違いで、結局ぽしゃってしまってね」

「だからって、今更、私に」

「うん、僕も前の件があるから、あんまり信用はしてないんだけど、でもね、考えようによっては、英利子さんにとってプラスになる話という気もするんだ」

「そうかしら」

「藤島先生なら名も通っているし、そのマネージメントをプリズム企画が任されるとなれば、はっきり言って箔《はく》がつく。前と違って、それなりのマネージメント料をいただくことになるわけだし、厄介な人だけど、そう悪くないと思う」

以前はアルバイトという立場だったから、どれだけ頑張っても時給は変わらなかった。でも今なら、頑張った分だけ反映される。それを思うとやる気が湧《わ》いてくる。ただ、今の仕事量に加えて藤島玲子のマネージメントに関わるとなれば、さすがに英利子ひとりではとても手が回らないだろう。

「誰か、手伝ってくれる人がいてくれたらいいんだけど」

呟《つぶや》くように言うと、勘のいい友章はすぐに察したようだった。

「僕もそう思う。そろそろひとりじゃ無理だって。で、知り合いの女性でひとりいるんだ」

英利子は改めて友章を見た。

「この間まで、うちの会社にいた子なんだけど、ちょっと事情があって辞めたんだ。マネージメントのことはだいたいわかってるし、まじめだし頭の回転もいい。よかったら紹介したいんだけど」

やけに手際のいいのが少し気になった。


それから三日後、藤島玲子と顔を合わせた。

代官山にある料理教室に顔を出すのは久しぶりで、何だかとても懐かしく感じられた。事務所に入ると、五年前のクビのことなど忘れたように、玲子はにこやかな表情で英利子を迎えた。

「独立して、ずいぶん手を広げられたみたいね」

英利子も何もなかったように、営業スマイルで接している。

「おかげさまで何とか」

相手に探りを入れながら、駆け引きをする。負けられない。負けたら、また玲子にいいように使われる。

「石川くんが、マネージメントを頼むなら英利子さんのところはどうかって勧めてくれたのよ」

「ありがとうございます」

「私としては、どうしようか、まだ迷ってるんだけど」

「まずは、条件的なことをまとめて参りましたので、これに目を通していただけますか」

英利子は玲子に書類を差し出した。それを手にして、玲子がめくってゆく。

「あら、手数料をこんなに取るの。必要経費を引いた残りの三割……ふうん」

「先生だけではなく、うちでマネージメントさせていただいている方は、みな同じです」

「そう」

「ご満足いただけないようでしたら、このまま帰らせていただきますので」

玲子はそれからもしばらく書類に目を落としていたが、やがて仕方なさそうに頷いた。

「わかったわ、これでいいわ。せっかく口をきいてくれた石川くんの顔も立ててあげなきゃね。じゃあそういうことで、これからよろしく」

「こちらこそ、よろしくお願いします」

勝った、と、英利子は胸の中で小さくガッツポーズを取った。

それからしばらくして、友章が紹介したいと言った女性と、銀座のティールームで顔を合わせた。

「はじめまして、前沢《まえざわ》淳子《じゅんこ》と言います」

ショートカットの髪がよく似合っていた。二十五歳。自分とひと回り以上も違うことに驚いてしまう。しかし、小気味よい喋《しゃべ》り方も、物怖《ものお》じせず英利子ときちんと目を合わせる態度も、とても気持ちよく映った。

「石川さんから聞いていると思うけれど、会社といっても、私ひとりでやってるだけだから、お給料も期待ほど出してあげられるかわからないの」

「いいんです。私、勉強したいんです」

「勉強？」

「女性が起業するってどういうことなのか、この眼で見てみたいんです」

「私なんて、起業ってほどのものでもないけどね」

「私、不合格ですか？」

「ううん、そういう意味じゃないの」

「だったらお願いします。一生懸命やります」

「その前に、ひとつだけ聞いていい？」

「はい」

「前の会社を辞めた理由は何だったの？」

淳子は少し言い淀《よど》んだ。しかし、すぐに思い直したように口にした。

「実は私、石川さんに振られたんです。彼と結婚したかったんですけど、答えはNOでした。何かもう、その時は絶望感でいたたまれなくて辞めちゃったんですけど、今は、なにくそって気持ちです。石川さんを見返すっていうより、結婚しか頭になかった以前の自分を見返してやりたいんです」

聞きながら、英利子は友章が淳子を紹介した理由がわかったような気がした。淳子がどこか英利子に似ていると思ったのだろう。そして英利子も同じことを思っていた。それで決まりだった。

「英利子」

名前を呼ばれて、ふと足を止めた。

東横線の改札口を出たところである。今日は横浜のデパートでエターナルフラワーの展示会があり、顔を出して、渋谷駅に着いたのは八時を少し過ぎていた。声の主に顔を向けると、そこに懐かしい姿があった。

「朔也……」

「久しぶりだね」

周りは人でごった返している。ふたりは自然なかたちで隅に移動した。

「どうして東横線に？」

「今、戸塚に住んでるんだ。二世帯住宅を建ててね」

「ああ、そうだったの」

姑《しゅうとめ》の顔が頭の中を横切ってゆく。孫と一緒に暮らすのが、姑の夢だった。

「元気そうだね」

「朔也も」

もうこだわりは消えていたが、やはり会話は続かない。当然だ、離婚して五年もたっているのだ。共通の話題なんかあるはずがないし、だいたい、立ち話をしていること自体おかしい。

「そうだ、これを」

朔也が思いついたようにポケットに手を入れた。

「今度、うちの社の展示会があるんだ。よかったら来ないか」

手にはチケットがある。

「ありがとう」

受け取りながら、英利子は困惑していた。どうして私は、離婚した元の夫からこんなものを受け取っているんだろう。

「僕の設計したスピーカーも出てる。時間があったらぜひ見に来て欲しい。待ってるよ」

朔也が改札口に向かって歩いてゆくのを、チケットを手にしたまま、英利子はぼんやり見送った。

2

娘の璃音《りね》は四歳になる。

美月は毎朝六時に起きて、幼稚園に持ってゆくお弁当を作る。小さなおにぎりに、海苔《のり》やゴマでキティちゃんやドラミちゃんをこしらえ、ウインナーや茹《ゆ》で卵に細工をし、グリンピースやニンジンやコーンを使って、とにかく可愛《かわい》らしいお弁当を作る。

もちろん、璃音においしく食べてもらうためだが、それだけではない。璃音から、「今日の◯◯ちゃんのお弁当、かわいかった」と聞かされると、何だか負けられない気になってしまうのだ。そのために弁当本はもちろん、インターネットを使って情報を集めている。

通園バッグにコップ入れ、上履き入れ、ランチョンマットを入れた。みんな手作りだ。独身の頃は、ミシンなんて使ったこともなかった。でも今は可愛いフェルトやキルティング生地を見ると、つい買い込んでしまう。

自分の子供が、こんなに可愛いものとは思ってもみなかった。生まれた時は二千六百七十グラムで、少し小さめだったが、順調に育ってくれたことに感謝している。初めておっぱいをあげた時のことは、今も忘れられない。まだ目も見えないというのに、乳首をちゃんと探し当て、力強く吸ってくれた。あの時は涙ぐむぐらい感動した。丸一日続いた苦しい陣痛も、その瞬間にはすべて消えていた。

朔也の子煩悩も意外な発見だった。まめにお風呂《ふろ》に入れてくれるし、小さい頃はオムツも替えてくれた。だから璃音もパパっ子で、家にいる時はいつもべったりくっついている。

残念ながら、ここのところ展示会が近づいていて、帰りが遅くなることが多い。時には午前さまにもなってしまう。あまり顔を合わせられないのが朔也も璃音も不満のようだが、戸塚からだと通勤に時間がかかるから仕方ない。

せめて週末ぐらいは親子三人水入らずで、と思うのだが、土日は大概、二世帯住宅の階下に住む義父母と一緒に食べることになる。

義父母もまた、初めての内孫ということで、璃音をとても可愛がってくれている。それはとても有難いのだが、時には、ちょっと困ることもある。というのも、璃音にはできるだけ添加物や合成着色料の入ったものは避けたいと思っているのに、義父母ともチヨコレートやケーキやスナック菓子といったものを次から次と与えてしまうからだ。璃音の気を惹《ひ》きたい気持ちがわかるだけに「やめて欲しい」とは、なかなか口にできない。朔也に頼んでも「いいじゃないか、それくらい」と取り合ってくれない。とはいっても、不満はそれくらいで、今のところ概《おおむ》ねうまくいっている。嫁と姑の関係もこじれることなく、みな健康で平和に暮らしている。

結婚して五年がたった。

木婚式というらしい。木、というところが微妙だ。何かあればぽきりと折れそうな気もするし、これからどんどん太く逞《たくま》しく生長してゆくとも思える。

最近、ふと思い出すことがある。朔也と結婚する前の自分だ。

あの時は、朔也と結婚できるのか、不安でたまらなかった。もし朔也と結婚できなかったらどうしよう、それを考えると途方に暮れた。実家の両親の元で暮らす毎日は、とても幸福だったけれど、本番の人生を生きている気がしなかった。自分は押入れの奥にしまってあるティーセットやホーロー鍋《なべ》と同じように、いつ出番が来るかわからないまま、一生、押入れの中で過ごすことになるのかもしれない。そんな不安に押し潰《つぶ》されそうだった。

でも、今はそんなことすら懐かしい。

ちゃんと朔也と結婚したではないか。結婚前の思いがけない妊娠に慌てたことも、今となれば笑い話だ。

あの頃、押し潰《つぶ》されそうなくらい悩んでいた自分に教えてあげたい。

大丈夫、何も心配することはないのよ、すべてうまくいくから、と。

幼稚園のお迎えの帰りは、ちょくちょくママ友たちとファミレスに寄ってお喋りをする。今日も三人のママ友と連れ立ってやって来た。何せここはフリードリンクで安いし、子連れでもOKだし、時間も気にしなくていい。

「ねえねえ、星組のみどりちゃん、お受験教室に通い始めたんですってよ」

ママ友のひとりが言った。

「やっぱりそうなのね。みんなの前じゃ興味ないって顔してるのに」

別のママ友が答える。

「ほら、あのおうちはエリート意識が高いから」

「うんうん、何せご主人、一橋大卒だもの。奥さん、いつも暗に自慢してるよねえ」

話題は一気にお受験となる。

「でも、こんな小さな頃から受験っていうのもねえ」

「そうそう、子供は自由に遊ばせてあげるのがいちばんよ。森津さんはどうするの？」

話を振られて、美月は慌てて首を振った。

「全然考えてない」

「でも璃音ちゃん、リトミック教室に通っているんでしょう」

「ああ、あれはおばあちゃんが勝手に申し込んだだけ。別にお受験の準備ってわけじゃないの」

「ふうん」

三人のママ友は曖昧《あいまい》な表情で頷いた。

それから話題はダンナの不満、舅姑《しゅうと》の愚痴《ぐち》、幼稚園の噂話《うわさばなし》と続いていった。子供たちは席でじっとしているはずもなく、通路を走り回っている。それに注意しながら、お喋りは続く。

結局、席を立ったのは二時間ほどもたってからだった。

ママ友と別れてスーパーに行き、夕食の買い物をしながら、美月はぼんやり考えていた。さっきはあんなことを言ったけれど、小学校受験のことは考えていないわけではない。ママ友だってみんな同じに決まっている。美月も中学入学の時に私立を受験した。公立が悪いと思っているわけではないが、こういうご時勢だ、不安がないわけではない。

そのことも頭の隅にあって、とりあえず半年前から週に一度、璃音をリトミック教室に通わせている。朔也に相談した時は「そんなの近所の小学校で十分さ」という返事が返ってきた。義父母も同じ考えらしい。というのも、私立に入れるとなると電車通学は必至だ。もちろん美月が付き添うが、小さい璃音に何もそこまでさせることはない、という思いがあるらしい。美月だってそう思う。でも、全面的に受け入れることもできない。いったい、璃音のためになるのはどっちなのか。ここのところずっと気持ちは揺れている。

マリからメールが来たのはそんな時だ。

〈東京に出て来る予定はない？　久しぶりに会いたいなぁ。話したいこともいろいろあるの。美月も忙しいだろうから無理は言えないけど、近々、よかったらランチでも〉

マリとはもう二年も会っていなかった。朔也とのことを知った時は、心底驚いていたが、今はそれも思い出話のひとつになってしまった。美月が璃音を産んでから一年後に、マリも男の子を出産している。拓斗《たくと》くんという。お互いに子育てに追われて、連絡はたまの電話とメールぐらいだ。東京にだってずっと行ってない。今年のお正月に、目黒の実家に三人でお年賀に行ったくらいだ。

久しぶりにマリと会いたかった。夫が従兄弟《いとこ》同士というのも今はいっそう親近感が増している。ママ友とのお喋りも楽しくないわけではないが、やはりどこか気を遣う。本音をなかなか口にできない。受験をどうするつもりでいるのか、マリにもちょっと聞いてみたい。

その日、遠慮がちに義母に話してみると、快く承諾してくれた。

「いいわよ、璃音のお迎えは私に任せておいて」

「ほんとですか。よかった。四時頃までには帰りますから」

こんな時、二世帯住宅も悪くないなぁと思う。朔也もあっさりしたものだった。

「お袋に迎えを頼めるんなら、行ってくれば」

というわけで、翌週、美月は銀座のレストランでマリと待ち合わせることにした。


銀座はこんなにも人の心をわくわくさせる街だったろうか。

独身の頃は、しょっちゅう買い物だ食事だと遊びに来ていたが、あの頃はすんなり溶け込んでいた。今は少し敷居が高く感じる。だからお化粧もファッションもいつもより気合を入れてきた。

マリに指定されたフレンチレストランは、四丁目に近い場所にあった。入ると、奥の席で手を上げるマリの姿が目に入った。

「久しぶり」

美月ははしゃいだ声を上げて、席に腰を下ろした。

「ほんと、二年ぶりだっけ？」

「そうよ、子供がいると時間があっという間に過ぎちゃうのよねえ」

マリは白シャツにグレーの細身のパンツというあっさりした格好だ。でも襟《えり》のあき具合といい素材といい、とても洗練されている。美月は淡いブルーのジャケットを着てきたが、ちょっと参観日っぽい格好かもしれない。せっかくなのでグラスワインで乾杯した。すぐに、彩りも美しいオードブルが運ばれて来た。

「今日、璃音ちゃんは？」

「おばあちゃんに頼んできたの。マリは？」

「うちはね、春から保育園に入れたの」

「保育園？」

美月はナイフを持つ手を止めて、マリに顔を向けた。

「六時まで預かってもらえるし、延長も頼めるし、結構便利よ。その分、保育料は目の玉が飛び出そうになるほど高いけど。でもまあ、いつまでも子供のままってわけじゃないから」

「お勤めしたの？」

「まあね」

「パート？」

「ううん、フルタイムの正社員。今日は休日出勤の代休をもらったの」

びっくりした。マリも美月と同じように子育てと家事に追われているものとばかり思っていた。

「外資系の貿易会社で、中国茶の輸入の部門にいるの。ちょっと自慢しちゃうけど、入社の競争率は結構高かったのよ」

「へえ……」

「前に会った時、中国茶に興味を持ったって話、しなかったっけ」

「そうだったかな」

「あれから本気でハマっちゃったのよ。だって知れば知るほど中国茶って奥が深いんだもの。美月、ティーソムリエって知ってる？　その名の通りお茶のソムリエなんだけど、育児の合間に勉強して、資格を取ったの」

「すごいじゃない」

「でもね、やっぱり本場の情報を得るためには言葉がわからなくちゃ駄目なのよ。それで一年前から北京《ペキン》語の通信教育も受けてるの。まだ日常会話ができる程度なんだけど、いつかは商談ができるくらいになりたいと思ってる。まあ、会社もそういうところを評価してくれたみたい」

美月はただ目を丸くして、マリを眺めるばかりだ。

料理はメインに移った。鴨肉《かもにく》とオレンジソースの匂《にお》いが香ばしい。でも、どういうわけか美月はあまり食が進まない。マリが二杯目のワインを口にした。

「私もね、いろいろ考えたの。専業主婦も快適だったし、このままでもいいかなぁって。でも、子供はいつか巣立っていくじゃない。子育てしかなかったら、逆に私が子離れできないかもしれない。そりゃあ子供は可愛いわ。毎朝、保育園に預ける時は、拓斗より私の方が泣きたいくらい。でもね、やっぱり私は、私の人生を大切にしようと思うの。だって夫婦も親子も、所詮《しょせん》は別の人間なんだもの。もちろん、いい意味で言ってるのよ」

帰り道、有楽町《ゆうらくちょう》の駅に向かいながら足元ばかりを見ていた。

マリはいったい、いつの間にそんなことを考えていたのだろう。考えるだけじゃなく、ちゃんと実行している。美月がキャラ弁や袋作りやママ友とのお喋りに夢中になっている間に、ティーソムリエの資格を取り、北京語まで習っている。

わかっている、マリはマリ、私は私だ。専業主婦が悪いわけじゃない。働きたい人はそうすればいいし、子育てに没頭したいならそうすればいい。家事だって大切な仕事だ。人それぞれ。人生はみんな違って当たり前なのだ。

そう思いながら、何だろう、この敗北感にも似た感情は。この取り残されたような寂しさは。

その時、メールの着信音が聞こえて、美月はバッグから携帯電話を取り出した。

開くと〈元気そうだね〉の文字が浮かび、次に〈振り向いて〉と続いていた。

意味がわからないまま、美月はゆっくり振り向いた。

「久しぶり」

雑踏の中、笑顔で立っている石川友章の姿があった。

3

今夜は悦子と食事をしている。

先週〈久しぶりにごはんでもどう?〉とのメールがあったのだ。

ここのところ忙しくて、連絡はメールばかりだったが、前沢淳子が入ってくれたおかげで、少しは時間にゆとりが持てるようになった。〈もちろん〉と、英利子はメールを返した。

悦子は今も保険会社の秘書課で働いている。二年前には課長補佐になっている。

「課長補佐なんて出世よねえ。秘書課で初の管理職も夢じゃないんじゃない?」

窓際のテーブルに向き合って座り、英利子は冷酒のボトルを手にして、悦子に勧めた。

「まさか」

悦子がそれをグラスで受ける。ここは丸の内に新しくできた高層ビルの和食レストラン。窓の向こうには、美しい夜景が広がっている。

「なれるわよ、今の悦子なら」

「どうかな。出世間違いなしって思われてたエリートが、急に地方に飛ばされるのを何度も見てきたもの。それが会社ってものだから」

それから、英利子に目を向けて、短く息を吐いた。

「その点、英利子はすごいわ。組織に属することなく、ちゃんと自分の力で仕事をしてるんだもの。この間、読んだわよ、経済紙のインタビュー」

英利子は思わず肩をすくめた。

「実を言うと、ピンチヒッターだったの。予定していた取材相手が急にキャンセルになったものだから、知り合いの広告代理店の人が私を紹介してくれたの」

友章である。今更ながら、彼と友人になれてよかったとつくづく思う。この五年、さまざまな形で力を貸してくれた。もし恋愛が絡む関係になっていたら、とてもこんなふうには付き合えなかっただろう。

「あの料理研究家の藤島玲子も扱ってるなんて、一流のマネージメント会社じゃない」

「ぜんぜん」

褒められるのは悪い気はしないが、現実は厳しい。藤島玲子の本業は料理教室であり、八十パーセントはその収入だ。英利子が関わっているのは、残りの二十パーセントの部分であり、ましてや手数料は三割でしかない。

「気難しい先生で手がかかるったらないの。結局、ひとり雇わなくちゃならなくなったから、計算したら赤字かも」

「へえ、従業員もいるんだ」

ますます悦子は驚いた顔をする。

「といっても、ひとりだけよ。二十五歳の女の子なんだけど、その子もいつか起業したくて、うちには勉強で来てるみたいなもの。しっかりしてる」

「時代は変わったわねえ。私が二十五の時なんか、結婚とお洒落《しやれ》のことしか頭になかったのに」

「ほんと、同感」

テーブルには、鴨のたたき、みょうがの土佐酢あえ、京野菜のグリル、湯葉の茶碗《ちやわん》蒸しが並んでいる。この店は、アラカルトも充実している。

悦子がふと、表情を変えた。

「ねえ、英利子、結婚は？」

英利子は瞬《まばた》きして、悦子を見返した。

「私？　まさか、そんな気さらさらない」

「どうして、前の結婚で懲りた?」

「うーん、そういうわけじゃないけど……」

と言ってから、英利子は少し考えた。

「今の私は何よりも仕事がいちばん。とても結婚とは両立できないと思う」

「でも、相手が主夫的なことをやってくれる人だったら、どう?」

「そうね、それなら……」

頷《うなず》いてから、ふと気づいた。

「もしかして、悦子」

悦子が困ったように笑う。その表情はやけに幸せそうだ。

「結婚するの?」

「まだ正式に決まったわけじゃないけど、実はそうしようかなって」

「へえ……」

「驚いた? 驚くよね、私だって自分で驚いているんだから」

「相手はどんな人?」

ついテーブルに身を乗り出した。

「八歳年下で、職業は画家。といっても、ぜんぜん売れてなくて、子供相手の絵画教室でやっと食べてるって感じ。収入は私の半分ぐらいしかないわ。その代わり、家のことは全部やってくれるの。そういうことに、こだわらない人なの」

「ふうん」

「それなら私も安心して仕事を続けられるし、子供も産めるかなって」

「子供……」

「できたら、四十歳までに産みたいなって思ってるの」

「そっか、子供か……」

「四十五歳で産んだ人も知ってるけど、体力的なことや将来のことを考えると、私には四十ぐらいが限界じゃないかって思うのよ。定年には成人してるわけでしょう」

英利子は何て答えていいかわからなかった。

「二十代の私だったら、きっと彼のことは目に入らなかったと思う。主夫をやる男なんか男じゃないって思ってたところがあったもの。子供だったのね。ううん、幼稚だったんだと思う。依存心が強くて、見栄《みえ》っ張《ぱ》りで、結婚するならみんなをあっと言わせるような条件の相手でなくちゃって、思い込みの中にいたの。でも今は、彼との結婚が自分にいちばん合ってるんだって、素直に思えるの」

九時に悦子と別れ、マンションに戻って来た。

明かりのスイッチに触れると、目の前に、仕事場として使っているＬＤＫが広がった。

温かみのない、パソコンやコピー機やファイルで埋もれた、雑然とした空間だ。いつもは平気で見ているその風景が、今夜は少し胸にこたえた。

私はここで、ずっとひとりで生きてゆくのだろうか。

仕事は楽しい。やりがいもあるし、生きがいも感じている。一生の仕事にしたいと思っている。それなのに、身体《からだ》の奥底に、冷たい雫《しずく》のようなものが落ちてゆく。それが何なのか、突き詰めるのが怖かった。もしかしたら、もう決して手に入らないものだと確認することになりそうな気がした。

正直に認めよう、悦子の結婚に動揺している。子供が欲しいという思いに、圧倒されている。そんな自分がいたなんて、そのことにも英利子には驚きだった。

LDKを突っ切って、寝室に入った。こんな時は、熱いお風呂に入って、ゆっくり眠るのがいちばんだ。ふと、ベッドサイドの電話が、赤いランプを点滅させているのに気がついた。英利子は留守電のメッセージを再生した。

『英利子、私だけど』

広島の母からだった。

『元気にしとる？　ちゃんと食べとる？　いつも帰りが遅いんね。仕事が忙しいんはわかるけど、無理して身体を壊しなさんなよ。たまには顔を見せに帰ってきんさい。お父さんも心配しとるよ。今日、デコポン送ったけん食べんさいね。皮は捨てんとお風呂に入れんさい。お腹《なか》を冷やさんようにね。それじゃ』
母の声がやけに胸に沁《し》みた。
「いつまでも子供扱いして……」
と、苦笑しながらも、英利子は目の端を潤ませているものを指先で拭《ぬぐ》った。

朝、前沢淳子がマンションに入って来るなり、憤慨した顔つきで英利子の前に立った。

「ご報告しなければならないことがあります」

英利子は目を通していた企画書から顔を上げた。

「ゆうべ、藤島先生と喧嘩《けんか》しました」

淳子はまだ興奮冷めやらぬように、早口で言った。

「原因は何なの？」

「私に、アリバイ工作をしろって言ったからです」

「アリバイ？」

「先週、一泊旅行に行ったのを、仕事で私と一緒に出張してたことにして欲しいって言うんです。それで、そのことを私からご主人に説明しろって。冗談じゃありません。それって浮気相手と行ったたってことでしょう。何で私がそんなことに協力しなくちゃいけないんですか」

相変わらず、藤島玲子はご盛んらしい。

「だから、プライベートなことに巻き込まないでくださいって言ったら、先生、すっかり怒ってしまったんです。でも、仕事とは関係のないことじゃないですか。そんなことまで私、面倒見切れません」

「そうね」頷いて、英利子は椅子の背にゆっくりともたれた。

「確かに、あなたの言うことは正しいと思う」

「そうですよね」

淳子は大きく頷いている。

「でもね、マネージメントという仕事は、時には、プライベートの部分まで関わってくるものなのよ」

淳子が怪訝《けげん》な表情をした。

「この間、帽子デザイナーの村山さんのテレビ収録が長引いた時、保育園のお子さんのお迎え、あなた、代わりに行ってくれたわよね」

「あ、はい」

「それだって、本当はプライベートなことでしょう」

「でも、仕事の遅れが原因で迎えに行けなかったのだから、私が代わりに行くのはやっぱり仕事の範疇《はんちゅう》だと思います」

「そうかしら、予想がつかないことじゃないと思うな。村山さんが前もって保育園に時間延長を頼むとか、そのためにシッターさんを雇うとかするべきじゃないのかな。うちの事務所では、子供の面倒まで見るって契約はしてないんだから」

淳子は黙った。

「ううん、責めてるんじゃないの。むしろ、そこまでちゃんと気を回してくれて嬉《うれ》しかった。つまり、あの時あなたは、村山さんに余計なことに煩《わずら》わされず快適に仕事をしてもらいたかった、だからお子さんを迎えに行った、そういうことだと思うのよ」

淳子はほっとしたように大きく頷いた。

「そうです」

「でしょう。だったら、藤島先生のこともそう思えない？　アリバイ工作に使われるのが釈然としないのはわかる。でも、それで仕事がスムーズに進むのなら引き受けるのもひとつの手よ。ただし、一回だけね。そこはよく念を押しておくべきだけど。それに、これで先生にひとつ貸しができたわけだから、いつかうまく利用するってこともできるかもしれないじゃない」

「利用、ですか？」

「言葉は悪いけど、ほら、藤島先生は我儘《わがまま》なところがたくさんあるでしょう。何か切札を持っておくと心強いから。プライベートなことまで立ち入らない、でも、仕事だけでも割り切れない、それがマネージメントの仕事だって私は思ってる」

英利子の気持ちは、淳子に通じたようだった。

「わかりました。今回は、藤島先生のアリバイ工作に協力してあげることにします」

それから、淳子は気持ちのいい笑顔を浮かべて「まだまだ、私って子供ですね」と、肩をすくめた。英利子は首を振った。

「そんなことない。私もたくさん失敗して、少しずつ学んだのよ」

「私もいつか、英利子さんみたいに、大人の判断ができるようになれるでしょうか」

英利子は苦笑しながら頷いた。

「なれるわよ、私なんかよりずっと」


淳子は、玲子と和解するためにオフィスを出て行った。

英利子は今、ひとりでデスクに座って、ぼんやり宙を眺めている。さっきはえらそうなことを言ってしまったが、以前の自分なら、淳子のように喧嘩することもできず、ただおろおろするばかりだったに違いない。

大人の判断、と、淳子は言った。胸を張って自分を大人とは言えないが、少なくとも、その時の感情だけで物事を決めるようなことはしなくなったように思う。どんなことにも、メリットがあればデメリットもある。正しさもあれば間違いもある。悩んだ末の決心なのに、後悔することもあれば、失敗したと思っても、それが成功の糸口に繋《つな》がることもある。

今だからこそ、見える。

あの時の私。あの時にわからなかったこと。あの時の失敗。あの時の大切なもの。

英利子はデスクの引き出しを開けた。

中には、朔也から渡された展示会のチケットが入っている。

今なら、違う自分で会えそうな気がした。

そう、五年たった今なら。

行ってみようか。

英利子は口の中で小さく呟いた。

4

近頃、美月はよく独身だった頃のことを思い出す。

まだ五年ほどしかたっていないというのに、はるか遠い昔のことのようだ。

あの頃、よく会社の人に「二十代は人生でいちばんいい時期」と言われた。「可能性に満ちていて、自由で、健康で、怖いものなんか何もない」ということだった。

でも、本当にそうだろうか。若さは確かにあったが、いつもどこかで、自分はみんなとちゃんと肩を並べられているだろうか、という不安を拭えずにいた。人並みの仕事、人並みのファッション、人並みの恋愛、人並みの結婚、人並みの人生。言葉にすると、つまらないものばかりのように思えるが、それでも、もしかしたら自分には手に入らないのではないかと、どこかで怯《おび》えていた。

今は、自分はいるべき場所にちゃんといる、という実感がある。これは独身の頃にはなかった感覚だ。たぶん、そういうことを幸福と呼ぶのではないかと思う。だから、決して「あの頃はよかった」なんて考えていない。あの頃に戻りたいとも思わない。それなのに、気がつくと、ぼんやり想像している自分がいる。

もし、朔也と出会っていなかったら、私はどんな人生を送っていただろう。

こんなことを考えてしまうのも、石川友章と会ったからかもしれない。

あの時、かつての笑顔のままで友章は美月の前に立った。

「こんなところで会えるなんて偶然だね。あれから、どうしてた?」

美月はぎこちなく笑みを返しながら、考えた。あれからって、いつだろう。ああ、一緒に軽井沢に遊びに行った時だ。あの旅行は、今思い出しても恥ずかしい。いかにも友章を試すようなことを口走っていた。

「私ね、結婚したの」

そんなことは忘れたように美月は言った。

「へえ、そうなんだ」

でも、友章は少しも驚いていないように見える。

「今は、子供がひとりいて、戸塚に住んでるの」

「びっくりだな。おめでとう」

「うん、ありがとう」

「それで、東京にはよく出て来るの？」

「めったにないけど、時々は」

「じゃあ、今度、一緒に飯でも食べようよ」

友章があまりに気楽な口調で言ったので、美月はどう答えていいかわからなかった。

結婚して子供もいるって言っているのに、食事に誘うなんて、どういうつもりだろう。からかっているのだろうか。

「どうかした?」

「ううん……」

「メールアドレスは変わってないようだから、近いうちに連絡するよ」

美月は頷く。そして、頷いている自分にますます戸惑っている。

「じゃあ、また」

友章が人波にまぎれてゆくのを、美月は立ち止まったまま、ぼんやり見送った。

いつものように朝六時に起きて、璃音のお弁当と朝食を作り、ふたりを起こして食べさせて、朔也を見送り、璃音を幼稚園に送って行った。そこで少しママ友と立ち話をして、家に帰って、掃除と洗濯をした。

ひと息つくのが十一時半頃。美月はコーヒーを淹《い》れて、ソファに腰を下ろした。それから、電話台の横に置いてあるトートバッグに目をやった。結局、友章からは何の連絡もない。そのことにほっとしながらも、どこか釈然としない気持ちもある。それを「落胆している」などと思いたくなかった。どころか、あんなふうに誘えば私が喜ぶとでも思ったのだろうかと、むしろ腹を立てているくらいだ。

どうしてあの時、頷いてしまったのだろう。「困る」とはっきり言えばよかったのだ。つまり、腹を立てているのは友章にというより、そんな自分に対してだった。いや、そういう気持ちとは裏腹に、こう思っている自分もいる。

結婚したと知ったとたん、友章に興味を失われ、露骨に背を向けられたら、きっと傷ついていたに違いない。食事に誘ったのがたとえ社交辞令だとしても、気分は悪くない。そして、今度はそんな自分に呆《あき》れてしまう。私ったら、いったい何を考えているのだろう、と。

その時、携帯電話が鳴り出した。心臓が悲鳴を上げたかのように鼓動を高め、美月は慌ててソファから立ち上がった。バッグに手を伸ばすと、液晶画面に表示されていたのは目黒の母だった。

「もしもし」

そんなつもりはないのに、口調が少しだけ素っ気なくなる。

「ああ、美月、私よ。今度、朔也さんの会社の展示会があるんでしょう、それ、私たちも見に行っていいかしら」

母の声はやけに元気だ。

「いいけど、お母さんもお父さんもオーディオになんか興味ないじゃない」

「お父さんも今は週に三日しか仕事をしてないから、ヒマなのよ」

去年、定年退職した父は関連会社に再就職し、非常勤で勤めている。

「美月は行くんでしょ？」

「今のところ、その予定はないんだけど」

「あら、どうして。朔也さんの設計したスピーカーが目玉商品なんじゃないの」

「だって、ほら」

「ああ」

母はようやく気がついたようだった。行けば、会社の人たちと顔を合わせることになる。結婚までの経緯《いきさつ》がいろいろあっただけに、何となく行きづらい。

「別にもういいんじゃないの、結婚して五年もたってるんだし」

今では、母の方が割り切っている。

「まあ、そうだけど」

「行くんなら知らせてよ」

「わかった」

「そうそう、紀州のおいしい梅干を見つけたから、送っておいたわ」

「サンキュ」

同じ主婦という立場になってから、母との関係はとても近くなったような気がする。独身の時だって、仲が悪かったわけではないが、秘密にしておくことがたくさんあった。どうせ母に話したってわからない、と、言葉は悪いが、どこか見縊《みくび》っていたところもある。でも、結婚してよくわかる。母が経験してきたことの多くは、これから美月が経験してゆくことだ。だから、母は今、もっとも頼りになる先輩になっている。

その夜、朔也はめずらしく早めに帰宅した。喜ぶ璃音は、食卓でもべったりくっついている。

「目黒の両親が、展示会に行きたいって言ってるんだけど」

「うん、いいよ」

「私も行こうかな」

朔也がビールのグラスを持つ手を止めて、ちらりと美月に目を向けた。

「来れば」

「いいの？」

思わず尋ね返した。

「いいに決まってるだろ」

「でも、何か言われたりしないかな」

朔也はわずかに目を細めた。

「バカだな、そんな心配してたのか。もう誰も何とも思ってやしないよ。たとえ何か言われたとしても、笑って聞き流しておけばいい。堂々としていればいいんだ」

朔也の言葉が素直に胸に沁み入った。

「うん、じゃあ行く」

美月は大きく頷いた。

インターネットを使って、マリが勤め始めた貿易会社から中国茶を取り寄せた。じっくり時間をかけて淹れた鉄観音《てつかんのん》茶は、バニラに似た香りがして、優しく身体を満たしていった。

「おいしい……」

美月はふうと息をつく。

マリ、頑張ってるね。

ティーソムリエの資格を取り、北京語を習い、就職までしていたことを聞かされた時は、敗北感のようなものを覚えたが、今は少し気持ちも落ち着いた。マリに刺激を受けたこともあるが、美月もいつか、何かしてみたいという思いがある。けれど、その「何か」はまだわからない。趣味かもしれない、仕事かもしれない。ボランティアのようなものかもしれない。後れを取りたくないと焦っても、そう簡単に見つかるはずもない。だから自分なりに、その「何か」をゆっくり探そうと思っている。

美月はもう一杯、お茶を淹れた。朔也も璃音もいないひとりの家は、がらんとしているが、心地よい静けさだ。

独身の頃、人生はふたつのステージしかないと思っていた。結婚している人生と、結婚していない人生だ。でも、結婚してみたら、そこにもいろんなステージがあった。仕事を続けている人、辞めた人。子供がいる人、いない人。夫以外の誰かと恋をしている人、結婚にピリオドを打ってしまった人。自分だって、これからどうなるか、この先どんなことが起こるのか、わからない。わかるのは、どんな時も、そこが自分のステージであり、ちゃんと自分の足で立っていなければならないということだけだ。

〈汐留《しおどめ》に面白いレストランを発見。ランチも結構いけるんだけど、都合はどう？　もちろんディナーでもＯＫ〉

友章からメールが届いた。結婚してから、デートに誘われるのは初めてだ。やっぱりどきどきしてしまう。こんな感覚を味わうのは久しぶりだ。

何て返事を書こうか迷っている。かつてのボーイフレンドと、ランチを一緒にするぐらいいいじゃない、と思わないわけでもない。何も浮気するわけじゃない。ほんの少し独身気分を味わって、懐かしい話を楽しむだけだ。

そう思いながらも、気持ちは別の自分も映し出している。

今は、外で友章とランチをするよりも、璃音と一緒に公園に行ったり、絵本を読んだりする時間を優先すべきじゃないの？　残業続きの朔也のために、栄養のバランスの取れた食事を用意したり、心地よく部屋を整えておくことを大切にすべきじゃないの？　べき、と言っても、義務的な気持ちじゃない。自分自身がそうしたいのだ。そうする自分でいたいのだ。

美月はようやく文字を打ち始めた。

〈メールをありがとう。でも、残念ながら時間が取れそうにありません。その汐留のレ

ストラン、チャンスがあったら家族で行ってみますね。誘ってくれたこと、とても嬉しかったです〉

ほんの少し、ほんの少しだけれど、惜しいような気持ちを持っている自分に肩をすくめながら、美月は送信ボタンを押した。

「じゃあ、日曜日の午後三時に会場の前ね」

母の言葉に美月は頷く。

「その日は最終日だから、五時に終わるの。その後、どこかでごはんでも食べようってことになってるんだけど、お母さんたちもどう？」

「うちは、歌舞伎《かぶき》を観る予定なの」

「へえ、お父さんと？」

「そうよ、最近ふたりしてハマってるの。第二の人生、楽しまなくちゃね」

父と母は最近よく一緒に出掛けるようになった。最終的に、お互いがいちばん心地よい存在であり、必要な相手であることを認め合っているのだろう。夫婦というより親友に近いのかもしれない。それは娘の美月から見ても、とても羨《うらや》ましい関係に映る。

「そうだ、梅干をありがとう。すごくおいしくて、今朝なんか三個も食べちゃった」

「あら」

「ここのところ、あんまり食欲がなかったのに、ごはんをおかわりしたくらい」

「もしかして」

「え？」

「そうなんじゃないの？」

「なに？」

「璃音の時は甘栗だったでしょう。私も美月の時はそうだった。で、浩の時はどういうわけか梅干だったの。あの時は、毎日、五つも六つも食べたものよ。私と美月、体質が似てるから」

美月は電話を持ち替えて、お腹に手を当ててみた。

頭の中で最後の生理のことを思い出す。確かに、来ていない。

気がつくと、口元に笑みが浮かんだ。同時に、自分でも驚くほど満ち足りた思いが、波紋のように身体中に広がってゆくのを感じた。

「病院、行って来たら」

「うん、そうする」

また始まろうとしている新しい生活を、美月は静かに受け止めていた。

5

何を着て行こうか、とクローゼットの中を覗《のぞ》き込んでいる自分に気づいて、英利子は苦笑した。いつものままでいいではないか。気取ることも、見栄を張ることもない。妙に頑張った姿で出掛けたら、きっと朔也の方が面食らってしまうだろう。結局、ジーンズに白シャツ、その上からコットンのジャケットを羽織って、英利子はマンションを後にした。

地下鉄に乗って、規則正しい揺れに身を任せていると、さまざまなことが思い出された。

初めて朔也と会った時、ひと目で好きになったこと。でも、そんな素振りは見せたくなくて、少し素っ気なく接してしまったこと。その後、なかなか朔也から連絡が入らず、やきもきしたこと。初めてのデートで、朔也が着ていたシンプルな黒のポロシャツがとても素敵だったこと。手をつないで、キスをして、ベッドで結ばれて、どんどん好きになって、もう離れたくない、一生一緒にいたいと、泣きたいくらい思い詰めたこと。

幸せだった結婚式。神さまの前で永遠の愛を誓う私たちは、世の中でいちばん幸せなカップルのはずだった。

でも、人の心は変わる。朔也はいつか美月に心惹《ひ》かれていった。英利子は、あんなに憧《あこが》れていた主婦という在り方に疑問を抱くようになっていた。

どうして人は、決心したことを一生守り続けることができないのだろう。

地下鉄を降り、展示会場となっているホールに向かって歩きながら、まだどこかで、本当に行っていいものか迷っている自分に気づいて、つい足取りが重くなった。

五年たった今でこそ、ようやく落ち着いた気持ちでいられるが、朔也に「大切な人がいるんだ」と言われた時は、頭の中が真っ白になった。驚きよりも、怒りよりも、ただただ打ちひしがれた。何としても朔也の気持ちを取り戻したかった。

朔也を愛していたから。

もちろん、それもある。けれど、今になって考えてみると、そんな気持ちの裏側には、現実的な思いもあったことがわかる。

美月に負けるのが悔しかった。私を犠牲にしてふたりが幸せになるのは許せなかった。離婚した後の生活が不安だった。親や友達、世間に対する引け目があった。

たぶん、あの時の私は、結婚というパスポートを手離すことが怖くてならなかったのだ。人生をひとりで流浪してゆくなんて、自分にできるはずがないと思っていた。

でも、今もこうしてちゃんと暮らしている。確かにひとりではあるけれど、決してひとりぼっちではない。友人や、仕事仲間が支えてくれている。何より、仕事が楽しい。だから。

会場の前で、英利子は足を止めた。

だから、胸を張って朔也と会うことができる。

ブースに行くと、朔也はすぐ英利子の姿に気づいたようだった。少し照れたように目を細めた。

「こんにちは」

英利子は朔也に近づいた。

「来てくれたんだ」

「お言葉に甘えて」

次の言葉が出てこない。何を話せばいいのかわからない。ぎこちなさが行き交う。

「僕の設計したスピーカーを見てくれるかい」

「もちろん」

ブースの一角に、スピーカーは並べられていた。しかし、すぐにそれとは思えなかった。茶色の革製でころんと丸く、一見、ボールのようだ。

「どう?」

朔也に言われ、英利子は正直に答えた。

「これがスピーカー?」

「意外だろ?」

「びっくり。すごく個性的」

「採算的に合わないから、商品化するのは難しいんだけどね。でもいつも展示会用には特別に、遊び心のあるスピーカーを設計して出すことにしてるんだ」

「へえ」

「準備に半年、製作に三か月。残業続きになってしまったけど、楽しいよ。仕事とはまた別の楽しみがある。だからつい夢中になってしまう」

朔也は無邪気に笑った。

「そう」

言ってから、英利子はしばらく黙った。

「どうかした?」

「それ、ずっと前から?」

「ずっと前って?」

「私と結婚していた時から、そういうことをしていたの?」

「入社した時からだよ」

英利子は短く息を吐いた。

「ぜんぜん知らなかった……もちろん、朔也が音響機器の設計をしてることは知ってたけど、展示会のために特別な設計をしていることはちっとも」

「あの頃は、僕の設計したものはまず採用されなかったから、格好悪くて黙ってたんだ」

「言ってくれればよかったのに」

「そうだね、言えばよかった」

呟いてから、朔也はもう一度、言った。

「本当に、言えばよかったんだな。見栄なんか張らずに。なのに、どこかで英利子の前で弱みは見せたくないって思ってた。バカだな、何でそんなこと思ったんだろう」

英利子の胸に痛みに似たものが滲《にじ》んでゆく。

「それなら、私も同じ。朔也が残業続きでも、寂しいって言うのが何だか悔しかった。私だってお料理教室ですごく楽しんでるんだからこれでおあいこねって思うようにしてた」

「そうか、僕たち、同じようなことを考えてたんだ」

「子供だったのね、きっと」

「そうかもしれない」

「世間ではもう十分に大人なのに、頭の中は、何でもすぐ意気がってしまう子供のままだった」

「ああ」

そして、ふたりは目を合わせて笑った。ずっと前の、たぶん出会ったばかりの頃の眼《まな》差《ざ》しがそこにあった。

「仕事はどう？」

「おかげさまで、何とか順調よ」

「よかった」

「私、やっぱり仕事をするのが好きだったみたい」

「そうか」

「結婚する前は、あんなに専業主婦に憧れてたのに」

朔也の頰《ほお》に少し影が差した。

「ずっと申し訳ないと思ってたよ。英利子には悪いことをしたって」

その言葉が、やけに胸に沁みた。離婚した当初の自分なら、もしかしたら腹を立てていたかもしれない。朔也に謝られるのは、英利子の負けを意味していると、思っただろう。

でも、今は違う。

朔也が心からそう思っていることが感じられる。だからこそ、英利子もまた素直な気持ちで答えた。

「謝らないで。悪いのは朔也だけじゃない。私も同じ。私たちはふたりの意思で結婚して、ふたりの意思で離婚した。どちらが悪いわけじゃない。私も、今はそれがわかるぐらい大人になったから」

「ありがとう」

「何のお礼？」

「今更こんなこと言うのも気が引けるけど……僕と、結婚してくれたこと」

それとはわからないくらいの仕草で、英利子は唇を噛《か》み締めた。

「それなら、私こそお礼を言わなくちゃ。ありがとう、私と結婚してくれて」

顔を向けると、朔也のまっすぐな目とぶつかって、ほんの少し涙ぐみそうになった。でも、それは寂しさでも悲しさでもなかった。心の隅で、最後まで残っていた硬いシコリがようやく消えてゆくのを感じていた。

6

美月は駅の券売機で切符を買った。ふと、隣を見ると璃音の姿がない。慌てて振り向くと、三十歳くらいの男と話している姿が見えた。

「璃音！」

美月は大声を上げ、駆け寄った。男は美月の剣幕に驚いたのか、小走りに人波の中に紛れて行った。璃音を抱き締めてから、しゃがんで目を合わせた。

「駄目じゃない、ママから離れちゃ」

「うん」

璃音はけろっとしている。

「あのおじさん、何て？」

「キティちゃんのぬいぐるみを見せてあげるって」

「何を言われても、絶対に知らない人に付いて行っちゃ駄目よ」

「はーい」

近頃は物騒な事件が多い。幼女が連れ去られる事件も頻発している。ほんのちょっとの間でも、手を離した自分が悪かった。気をつけなければ、と改めて思う。

「ママって強いね」

璃音が言った。

「そう？」

「さっきのおじさん、ママに怒られて逃げ出しちゃったね」

「そうよ、ママは強いのよ」

強くなった、と自分でも思う。

結婚して五年、たぶん、いちばん変わったのはそのことだ。結婚前はいつも自分の弱さと向き合っていた。守ってくれる誰かがいないと不安でならなかった。朔也と出会って、紆余曲折《うよきょくせつ》はあったにせよ結婚して、これで一生守ってもらえると、心から安堵《あんど》した。

でも、人は守られるだけで生きてゆくことはできない。守られたければ、自分もまた、相手を守らなければならない。

そう気づいたのは璃音が生まれたことが大きく影響しているのは確かだ。年を重ねたこともある。結婚してから、強くて優しいばかりの朔也でない姿を見るようになったこともある。でも、少し頼りなくて、時々情けない朔也の姿も、美月はいっそう愛《いと》おしく感じる。それは結婚前の恋愛感情とは少し形は違っているが、更に絆《きずな》が深まったような気がする。

璃音も、朔也も、そして今、このお腹の中にいる小さな命も、美月は必ず自分が守ると決めている。

私の大切なものだから。かけがえのない、私の家族だから。

結婚は、こんな強さをくれたのだ。

「さあ、パパのところに行こうね」

美月は璃音の手を取った。

「うん」

璃音の小さな手が、しっかりと美月の手を握り返した。

7

会場の外に出ると、西日が正面から差していた。

眩《まぶ》しさに、英利子は手をかざした。

来てよかった、朔也と話せてよかったと、心から思っていた。交わした会話に嘘《うそ》はなかった。ようやく、自分たちは結婚していたあの年月を、過去にすることができたのだ。

離婚は辛《つら》い出来事だったが、だからといって結婚に失望しているわけではない。もう結婚に過剰な期待を持つようなこともない。自分がいちばん自然でいられる、そして相手もまた面倒なものをちゃんと肩から下ろさせて向き合える、そんなパートナーとの出会いをゆっくり待とうと思う。

焦る必要はない。私はもう、私の中で流れる、私なりの時間をちゃんと持っているのだから。

その時、携帯電話が鳴り出した。画面に前沢淳子の名前が出ている。

「はい、どうしたの？」

「英利子さん、また、やっちゃいました」

淳子のテンションの高い声が耳に届いた。

「今日は確か、藤島先生と雑誌の取材に行ったんじゃ……」

「その先生と、またトラブっちゃったんです。もう、先生、怒って帰るって」

「どうして」

「いつもと違うヘアメイクが来たんです。でも、先生がいつもの人じゃなきゃいやだって言うから、つい私、それは我儘だって」

「また、そんなことを」

「すみません、ついカッとして」

「わかった。とにかくすぐそっちに行くから」

「お願いします」

電話を切って、英利子は大きくため息をついた。

仕事にトラブルは付き物だ。トラブルのない仕事なんて、却《かえ》って物足りない。

人生も同じだ。トラブルがいつも意地悪をする。でも、それも含めての人生なら、いっそ思い切り楽しんでしまいたい。

「さあ、行きますか」

西日を浴びながら、英利子は背筋をしゃんと伸ばし、駅に向かって駆け出した。

解説

吉田伸子

「恋愛は不安との戦いであり、結婚は不満との戦いである」

何という、至言！

本書の扉ページの裏に書かれたこの言葉を読んだ時、深く深く頷《うなず》いてしまった。恋愛と結婚の違い（と本質）を、何と的確に言い表していることか！　名のある書家の方に墨書《ぼくしょ》していただき、額装して飾っておきたいくらいである。とはいえ、額装はさすがに恥ずかしいので、実際問題としては、B5サイズくらいの紙に書いてもらって、常に携帯したいくらい。

恋愛の敵は不安、結婚の敵は不満。これ、女性にとっては、ニュートンの万有引力なんかよりももっと大切な真理だと思う。何故《なぜ》ならば、あらゆる恋愛において、トラブルの元になるのは、女性の側の不安、だからだ。もしかして遊ばれている？　ひょっとして浮気されてる？　いつになったらプロポーズしてくれるの？　私のこと、本当に愛してくれてるの？　等々、等々。数え上げたらきりがないほど、不安の種は、それこそ掃いて捨てるほどある。もちろん、不安とは無縁でいられる女性もいるだろう。そういう女性は、もの凄《すご》くクールか、もの凄く鈍感かの、どちらかだ。それはそれで幸せなことだと思うけれど、私が肩入れしてしまうのは、いちいち不安がってしまう女性のほうだ。だって、そっちのほうが可愛《かわい》い、と思うから。だって、その不安こそ、が実は恋愛の醍《だい》醐《ご》味《み》だと思うから。そう、不安とは、実は恋愛のスパイスだ、と私は思っている。

だから、恋愛の敵は不安ではあるけれど、その敵に勝つ必要はない。ここは大事なことなのだけど、不安という敵に勝とうと思うから、恋愛そのものがうまくいかなくなるのだ。負ける必要はないけれど（負けたら負けたで、やっぱりその恋愛はうまくいかないから、ね）、勝たなくてもいい。要は、敵の正体が不安なのだ、と自分で分かっていればいい、ということ。勝とうと思うから、あれこれ対抗——例えば相手を疑ってしまったりとか、相手を試してみたりとか——してしまうのだ。そうやって、勝たなくちゃ、というプレッシャーで、自分で自分を追いつめてしまうのは、本末転倒だ。そうじゃなくて、あぁ、自分は今不安なんだ、と自覚すること。それだけでも、まずちょっと気持ちが落ち着くんじゃないかと思う。そして、信じること。この不安こそが恋愛の醍醐味なんだ、と。だって、基本的に、恋愛って楽しいことなんだから。恋愛している自分を、自分で潰《つぶ》しちゃうことはないと思う。

同じことは、結婚の敵である不満にも言える。恋愛における不安と違って、こちらは一つ一つ、その度ごとに向き合って解決していかなければならないので、なかなか大変だったりもするのだけれど。でも、それとても、結婚しているからこそ、の不満なのだ。大事なのは、不満に耐える、のではなく、解決方法をストックしていくこと。

結婚生活での不満というのは、モグラたたきみたいなもので、こちらを一つ解決ししばらくすると、あちらでまた新たな不満が、というふうに、緩〜くループしていくものなのだ。でも、それはしょうがないことでもある。だって、元は他人どうしなのだから。暮らしてみて分かること、というのは、思っている以上に多い。ならば、その不満をどうやってクリアしていくか。ポイントは、不満の解決を相手まかせにするのではなく、自分の中で楽しむようにすること。こっちを押してみて改善されなかったら、別の角度から攻めてみる、とか。

そう、恋愛における不安も、結婚における不満も、原因を相手のせいにしてしまうことが、実は自分を苦しめる結果になってしまうのだ。そうではなくて、自分の身の裡《うち》にぐっと引きつけて、その不安や不満の正体を知ることで、自分を自分で苦しめないで済むと思うのだ。

本書でも、唯川さんが伝えたかったのは、きっとそういうことだ。それは、瑠璃《るり》でも玻璃《はり》でもない、というタイトルからも分かる。照らせば美しく光る、という瑠璃と玻璃。でも、そうではなくて、誰かに照らされて光るのではなく、自分で、自分なりに輝いていくことの、困難さと大切さ。そのことを伝えたかったのではないか、と思う。

物語の真ん中にいるのは、二十六歳の美月《みつき》と三十四歳の英利子《えりこ》。相対する二人の女性というのは、唯川さんの物語でよく使われるモチーフで、直木賞受賞作である『肩ごしの恋人』のるり子と萌《もえ》しかり、『愛には少し足りない』の早映《さえ》と麻紗子《まさこ》しかり（ちなみに、どちらも集英社文庫です。未読の方はぜひ！）。唯川さんの物語がいいのは、その二人を、相容《あいい》れない二人として描くのではなく、性格も考え方もまるで違う二人の女性間に、いつしか〝同志〟のようなニュアンスを物語の中で育んでいくところだ。そこには、女性に対して、常にニュートラルな唯川さんの視線が、ある。

いわゆる不倫をしている美月。家庭のある人としりつつも落ちた恋だから、決して多くを望みはしないつもりだったのに、好きだからこそ、求めてしまう。好きだからこそ、苦しんでしまう。英利子は、美月の不倫相手である朔也《さくや》の妻だ。朔也と出会い、恋をして結婚。結婚とともに仕事を辞めて家庭に入ったのは自分の意志からだったのに、結婚四年目にして、主婦という立場を持て余し始めた自分に気付いてしまう。折しも、朔也とは物理的にも、精神的にもすれ違いが生じてきている。義母との関係も、英利子には負担であり、とりわけことあるごとに出産へのプレッシャーをかけてくるのには、ほとほと参っている。

傍《はた》からすれば、奪う女と奪われる女である美月と英利子だが、奪う女＝悪、奪われる女＝可哀想《かわいそう》、という図式はない。結果としてそうなってしまったけれども、そこにいたるまでの、美月には美月の、英利子には英利子の苦悩や葛藤《かっとう》が、本書ではきっちりと描かれているのだ。略奪愛を成就した美月が勝者なわけでも、夫を奪われた英利子が敗者なわけでもない。本質的に異なる生き方を選んだ、二人の女のそれぞれの覚悟、がそこにあるだけなのだ。

本書で私がとりわけ好きなエピソードがある。朔也から不倫を打ち明けられ、美月に会いに行った英利子が、ふと、小指のマニキュアが剝《は》がれていることに気付くシーンだ。直接的には、英利子は美月の「私には朔也さんしかいないんです。朔也さんのいない人生なんて考えられないんです」というその言葉が、離婚を決意するきっかけになるのだが、恐らく、英利子の中では、剝がれた小指のマニキュアに気付いた時こそが、きっかけになったのだ。こういうディテイルが、唯川さんは本当に巧い、と思う。

このシーンが、実は後にさらに効いてくるのだが、それは実際に本書を読まれたい。英利子の男前っぷりに惚《ほ》れ惚《ぼ》れしてしまうシーンであり、そのことをきっちりと「一生かけても返しきれない借りを作ってしまった」と、美月が受けとめるのも、またいい。

朔也と結婚し、念願の妻という安定を手にした美月。英利子と朔也の離婚が成立した後とはいえ、できちゃった婚となった美月は、母となり、英利子が苦手としていた朔也の母ともうまくやっている。英利子は英利子で、離婚後、自らマネージメント会社を立ち上げ、才能あるアーティストたちのマネージメントをしている。

美月は結婚することで輝き、英利子は離婚して、人生をリスタートさせることで、再び輝きはじめる。どちらがいいとか悪いとかではなく、人には人それぞれの輝く場所があるのだ。輝き方があるのだ。結婚は人生の始まりでもないし、離婚は人生の終わりではない。それを始まりにするのも、終わりにするのも、自分次第なのだ。人は与えられた場所で輝くのではなく、自らの意志でつかみ取った場所で輝くのだ。そこに込められているのは、全ての女性に対する唯川さんのエールだ。自分の責任を自分でとると腹をくくりさえすれば、女はきっともっと自由になれるのだ、と。誰かのせいにするのではなく、自分の人生は自分でつかみ取ればいいのだ、と。

最後になってしまったが、本書に出てくる男性キャラにちょっと触れておきたい。美月に対しても、英利子に対しても、きっちりと責任をとった朔也もいいけれど（離婚後、さらに男を上げたし）、本書では何と言っても、代理店勤務の石川友章《いしかわともあき》のキャラが出色。気配り抜群で、女心の痒《かゆ》い所に手が届くようなニクいやつなのだが、こういう男が、実は一番手強《てごわ》いんですよ、みなさん。そういうキャラを惜しげもなく脇《わき》キャラ（重要だけど）で使う、というあたりに、唯川さんの作家としての脂の乗り、があるのだと思う。友章がぎゃふんというような男前の女と、友章との恋愛もの、いつか読んでみたいなぁ。

集英社文庫

瑠璃《るり》でもなく、玻璃《はり》でもなく

2011年５月25日　第１刷　　定価はカバーに表示してあります。
2018年３月18日　第４刷

著　者　唯川《ゆいかわ》　恵《けい》

発行者　村田登志江

発行所　株式会社　集英社
東京都千代田区一ツ橋2-5-10　〒101-8050
電話　【編集部】03-3230-6095
【読者係】03-3230-6080
【販売部】03-3230-6393（書店専用）

印　刷　大日本印刷株式会社

製　本　大日本印刷株式会社

フォーマットデザイン　アリヤマデザインストア　　マークデザイン　居山浩二

ISBN978-4-08-746696-6 C0193